KB208195

차례

멸망에
투자하세요

멸망에 투자하세요

황이경
장편소설

 비룡소

1부

긍정 회로의 기적

PICK ME

1

끝. 모든 게 끝났다. 하지만 소망은 이제부터 시작이었다.

졸업시험을 끝마친 3학년 교실은 나른한 기운으로 가득했
다. 자리를 채우고 있는 아이들은 절반밖에 없었고, 그나마
태반이 엎드려 잠을 청하거나 삼삼오오 모여 잡담을 나누고
있었다.

앞에서 세 번째 창가 자리의 소망은 홀로 하체 운동을 하
고 있었다. 반듯하게 세운 상체, 공손하게 턱 앞에 모아 쥔 손,
천천히 앉았다 일어나는 두 다리. 짤막한 소망의 팔다리는 오
동통하게 살이 붙어 건강해 보였다. 동그란 눈이 반짝이는 얼

굴은 까무잡잡하게 그을려 있었다. 얼핏 운동에 전념하는 것 같았지만 사실 그의 신경은 책상 위의 휴대폰을 향하고 있었다. 소망은 조금 전까지 휴대폰의 메시지 창을 연신 새로고침 하던 참이었다. 예정대로라면 십 분 전에 문자메시지로 시험 결과가 통보될 예정이었다. 하지만 아무런 소식이 없었다. 십 분 동안 소망의 짜증은 서서히 끓어올랐다.

'이럴 거면 뭐 하러 발표 시간을 정해 놓는 거지?'

소망은 지나치게 흥분하고 있는 자신을 발견하고는 휴대폰을 책상 위에 조심스럽게 내려놓았다. 그는 침착함을 유지하기 위해 뭐라도 해야 했다. 그래서 난데없는 하체 단련을 시작한 것이다. 깊고 일정한 호흡은 흥분을 가라앉히는 데 도움이 됐다. 그는 다리 움직임에 더 집중했다.

소망은 자신이 지나치게 간절해질까 봐 걱정하고 있었다. 동시에 간절함이 모자랄까 봐 걱정되기도 했다. 사람들은 이루고 싶은 게 있을 때, 그리고 그 마음이 간절할수록 그런 모순된 생각에 휩싸인다. 그러다 바라던 게 이뤄지지 않으면 문제의 원인을 자신의 사소한 생각과 행동에서 찾는 것이다.

내가 너무 간절함이 부족했나 봐, 내가 너무 간절함이 지나쳤나 봐. 그때 가만히 있어야 했는데, 그때 뭐라도 해야 했는데.

그것은 통제할 수 없는 일까지도 통제하려는 인간이 가진 의지였다. 사람들은 자신이 할 수 있는 게 아무것도 없다는 사실을 받아들이지 못하고 뭔가 할 일을 찾는다. 그러다 문제와 자신 사이에 말도 안 되는 인과 관계를 만들어 내는 것이다. 그 때문에 간절함이나 기대감을 버리려 노력하는 사람이 있는가 하면, 더 절실히 매달리는 사람도 있다. 마치 그렇게 하면 결과를 바꿀 수 있는 것처럼 말이다. 하지만 어느 쪽이든 실제 결과와는 아무런 상관이 없었다. 이미 결과는 정해졌고, 그것은 지금 전파를 타고 날아오는 중이었다. 더는 할 수 있는 것이 없었다.

소망의 다리가 그의 몸을 서른세 번째 밀어 올리고 있을 때였다. 휴대폰 메시지 수신음이 울렸다. 소망은 위장된 차분함을 포기하고 허겁지겁 메시지를 확인했다. 메시지 창이 열림과 동시에 소망의 몸은 공중으로 펄쩍 뛰어올랐다. 그는 월드컵에서 결승 골이라도 넣은 것처럼 무릎을 꿇고 두 주먹을 허공에 휘둘렀다.

제일 먼저 낌새를 알아챈 건 교실 뒤편에 있던 태슬이었다. 그녀는 우식과 토끼와 거북이의 경주에 대해 열띤 토론 중이었다. 우식은 계속해서 초장거리 경주라면 지구력 좋은

11

거북이가 이길 게 분명하다는 주장을 펼쳤다. 우식의 말에 낄낄대고 있던 태슬은 소망의 세리머니를 발견하자마자 소망을 향해 튀어 나갔다. 뒤늦게 상황을 알아차린 우식 또한 그 뒤를 우당탕 뒤따랐다. 두 사람은 누가 먼저랄 것도 없이 소망의 손에서 휴대폰을 빼앗아 메시지를 확인했다. '합격'. 소망의 두 친구는 눈을 의심하며 신중하게 합격 안내문을 확인했다. 뭔가 착각한 것은 아닌지, 혹시라도 소망의 장난에 놀아나는 것은 아닌지 몇 번이나 안내문을 읽었다. 메시지 어플 밖으로 빠져나왔다가 다시 들어가 보기도 하고, 휴대폰 화면을 껐다 켜 보기도 했다. 우식은 뜬금없이 휴대폰의 외관을 샅샅이 훑으며 실제 작동하는 휴대폰이 맞는지 확인까지 했다. 결국 실제 메시지라는 걸 확인하자 그들은 흥미를 잃고 어딘지 맥 빠진 얼굴이 되었다. 더 정확히는 실망한 눈치였다. 아닌 척하면서도 두 사람은 내내 소망의 합격 여부를 초조한 마음으로 기다렸던 것이다. 물론 합격을 바라고 기다린 것은 아니었다.

그때까지 환호성을 속으로만 삼키던 소망이 두 친구에게 말했다.

"내가 된다고 했지? 된다고 생각하면 된다고 했지? 봤어? 봤지? 이게 바로 긍정 스위치의 힘이라고!"

호들갑스러운 소망과는 대비되게 두 친구는 심드렁했다. 큰 키에 얼굴이 길쭉한 우식이 먼저 말했다.

"진짜 컨셉 이상하게 잡았네. 그놈의 긍정 스위치 타령 얼마나 갈지 모르겠다."

"나 오늘 치킨 시켜 먹는다. 말리지 마라."

언제나 다이어트 중인 태슬이 치킨을 시켜 먹겠다고 선언했다. 스트레스가 극심하다는 그녀만의 표현이었다. 태슬은 작은 체구와 대비되는 엄청난 머리숱의 소유자였다. 멀리서 머리 모양만 보고도 알아볼 수 있을 정도였다. 태슬은 거대한 머리숱을 신경질적으로 정리했다. 소망은 친구들의 반응에도 아랑곳하지 않고 세 손가락을 펴 보였다.

"석 달! 정확하게 석 달 걸렸어. 꼴찌에서 졸업시험 합격까지. 와, 진짜. 내가 얼마나 노력했는지 너희는 모를 거야."

잔뜩 흥분한 소망은 무슨 말부터 꺼내야 할지 모를 지경이었다. 우식이 혼잣말하듯 중얼거렸다.

"배신자 새끼. 이로써 금은똥도 끝이네."

"똥 빠지면 더 좋지. 암튼 난 여자 중에 꼴찌인 건 변함없음."

우식의 말을 태슬이 받았다. 이들 세 명은 3학년 3반의 하위권 삼인방이었다. 그들은 서로 막연한 동질감을 느끼며 친하게 지냈다. 아니, 친했다기보다 서로를 보며 안도감을 느꼈다고 하는 게 맞겠다. 자신과 비슷하게 공부를 못하는 친구가 곁에 있다는 사실이 마음 편했던 것이다. 소망이 셋 중 꼴찌였고, 그 위가 태슬, 그다음이 우식이었다. 그들은 자신들을 '뒤에서' 1, 2, 3등이라는 뜻으로 '금은똥'이라는 별명으로 불렀다. 우식과 태슬이 각각 금과 은이었고 소망이 똥이었다. 아무도 그들을 신경 쓰지 않았지만, 그들은 서로 그런 식으로 급을 나눴고 장난스러운 수준에서 서로를 은근히 무시하곤 했다.

그중에서도 가장 많이 무시당한 것은 소망이었다. 그는 '소망 아니고 그냥 망(亡)'이라는 별명으로 불리며 불운의 상징처럼 여겨졌다. 곱슬머리, 까무잡잡한 피부, 작은 키 등등, 외모에 대한 지적은 장난으로 넘어갈 수 있었다. 소망도 자기 외모에 자신이 있던 건 아니지만, 딱히 못생겼다고 생각하지도 않았다. 하지만 외모 말고도 문제는 많았다. 소망은 공부도 운동도 재능이 없었고, 노래도 못 불렀으며, 그림 실력도 형편없었다. 잘하는 게 아무것도 없는 아이였다. 그래서 태슬과 우식은 늘 소망을 하찮게 여겼다. 그리고 동시에 그를 소중하게 생각하기도 했다. 소망이 없으면 두 사람은 자기들 중에서 다시 꼴찌를 정해야 했으니까.

소망이 자기계발 책에 빠지기 시작한 것은 6개월 전이었다. 이후 졸업시험 합격을 목표로 삼은 지 석 달 만에 상위 10퍼센트 안에 든 것이다. 만년 꼴찌가 만들어 낸 기적이었다. 소망은 그전에도 늘 해맑고 긍정적인 아이였다. 하지만 자기계발서에서 발견한 '긍정 스위치'라는 개념에 빠지고 나서 그의 긍정성은 몇 배는 더 강해졌다. 저자는 불행한 인생에서 벗어나기 위해 머릿속에 가상의 스위치를 만들어 그것을 수시로 켜야 한다고 주장했다. 그 스위치는 긍정적인 마음을 작동시키는 스위치였다. 저자는 말했다.

— 긍정 스위치는 당신을 긍정적인 결과로 인도해 줄 것이다. 모든 일은 저절로 술술 풀리게 될 것이다! 당장 머릿속의 스위치를 켜라!

"누구나 할 수 있다니까. 내가 그랬잖아. 지금이라도 한번 해 봐! 너희도 얼마든지 할 수 있어! 머릿속의 긍정 스위치만 작동시키면 된다고."

우식은 자기 자리로 돌아가면서 중얼거렸다.

"그래, 혼자 스위치 열심히 켜라. 켜 봤자 졸업시험 통과한 똥이지. 여기서 똥이나 거기서 똥이나."

태슬이 낄낄거리면서 타이르듯 말했다.

"그래 소망아. 너무 무리하지 마라. 컨셉은 컨셉일 뿐이지.

그러다 크게 상처받는다."

"걱정하지 마! 이제부터 절대 실패할 일 없으니까."

태슬은 정색하며 소망에게 말했다.

"야, 미예테 통과하는 건 졸업시험이랑 완전 달라. 정신 차려."

미예테는 '미래 예측 테스트'를 일컫는 말이었다. 졸업시험에 합격한 학생들에게 테스트 받을 자격이 주어졌는데, 미예테를 통과하는 사람은 전국을 통틀어 많아야 두세 명 정도였다. 그나마 통과자가 없는 해가 더 많았다. 희박한 확률이었다.

"거기는 너보다 훨씬 똑똑한 애들 많거든? 괜히 공개적으로 망신만 당하지."

태슬의 말에 갑자기 우식의 표정이 밝아졌다.

"야, 맞네. 미예테 날 응원하러 가야겠다."

태슬도 터져 나오는 웃음을 참아내며 말했다.

"풉! 와, 대박. 나도 꼭 가야지. 플래카드 들고."

순간 소망의 얼굴에 불안감이 스쳐 갔다.

"아니야, 괜찮아. 뭘 응원까지."

"당연히 가야지, 그게 무슨 소리냐. 우리가 그렇게 중요한 자리에 빠질 수 없지. 안 그러냐? 금은똥."

"물론이지. 꼭 가야지, 암. 우리만 믿어, 백소망."

소망의 입은 가까스로 미소를 유지하고 있었지만, 두 눈은 불안을 감추지 못했다.

2

"영상 끝나면 마지막 사람이 정리하고 나가라."

담당 선생님은 교실 조명을 어둡게 하고 밖으로 나갔다. 선생님이 나가자마자 학생들은 딴짓을 시작했다. 시청각실에는 스무 명 남짓한 학생들이 앉아 있었다. 모두 졸업시험에 합격한 아이들이었다. 하지만 소망처럼 들뜬 아이는 한 명도 없었다.

확률적으로 보면 누구나 미예테의 주인공이 될 수 있었다. 하지만 테스트를 통과한 학생들은 대체로 부유한 집안의 아이들이었다. 부유하다고 무조건 통과할 수 있는 일도 아니었다. 그만큼 미예테 통과는 '하늘의 별 따기'였다. 어차피 미예테를 통과하지 못할 테니 졸업시험부터 포기하는 아이들이 많았다. 소수의 아이들만이 극성스러운 부모님의 성화에 못 이겨 수험에 도전했을 뿐이다. 그러니 자연히 부유한 가정에서 통과자가 많이 나왔다. 갈수록 줄어드는 학생 수 때문에 공교육의 질은 높아졌지만, 학생들의 학업 의지는 어느 때보다 바닥을 쳤다. 그들의 미래는 정해져 있었던 것이다. 경제적 계급 상승은 미예테를 통해서만 가능했다. 덕분에 대학의 기능은 원래의 순수하고 귀족적인 학문 탐구로 돌아왔다. 의무교육은 그 존재 이유를 위협받고 있었다. 정부의 교육 정책은 다시 한 번 실패했다.

하물며 소망이 다니는 대폭등 고등학교야 말할 것도 없었다. 대폭등은 졸업시험 합격자도 많지 않은 중하위권 학교였다. 그 사실을 모르는 학생들은 없었다. 그런 연유로 시청각실의 학생들은 아무런 기대감이 없었고, 다분히 억지로 끌려온 분위기였다. 담당 선생님조차 큰 기대감은 없어 보였다. 오직 맨 앞줄 가운데 자리에 앉은 소망만이 동그란 눈을 반짝이며 화면을 바라보았다. 그는 이미 중요한 대목을 받아적을 만반의 준비를 마친 상태였다.

스피커를 통해 웅장한 선율의 오케스트라 연주가 흘러나

오고, 화면 위에 영상 제목이 떴다.

— 미래를 미리 만듭니다.

역동적인 바다 풍경이 배경으로 깔렸다. 거대한 파도가 바위 위에 부딪혀 산산이 부서졌다. 화면이 전환되자 장소는 화이트톤의 스튜디오로 바뀌었고, 배우 출신으로 유명한 여성 아나운서가 등장했다.

"빰빠라밤, 빰빰빰 빰빠라밤~ 2055학년도 졸업시험 합격을 축하합니다!"

소망은 쑥스러운 미소가 지어지려는 걸 애써 참았다. 그는 아직도 시험 합격의 감동에서 벗어나지 못하고 있었다.

"여러분도 잘 아시다시피, 전국의 고등학교 3학년 학생들에게는 일생에 단 한 번! 전 국민의 투자를 받을 수 있는 기회가 주어집니다. 졸업시험과 미래 예측 테스트를 모두 통과한 학생들에게 이 엄청난 기회가 주어지는데요. 좀 더 자세히 알아볼까요?"

소망은 허리를 세우고 고쳐 앉았다. 화면이 전환되었고, 소망은 하마터면 '우아' 하고 감탄사를 내뱉을 뻔했다. 화면에는 감동적인 관현악 음악과 함께 역대 투자 대상자였던 유명인들의 사진이 차례대로 나타났다 사라졌다. 그들은 이미 특출난 능력으로 각 분야에서 돌풍을 일으킨 혁신가들이었다. 인공지능 스타트업을 세계적 기업으로 성장시킨 유재홍 대표, 자타 공인 세계 최고의 축구 선수 신상민, 천체물리학 자로 한국 최초 노벨 물리학상을 수상한 최영희 박사, 세계 영화 산업의 수준을 한 단계 끌어올렸다고 평가받는 양연재 감독, 자신의 이름을 내건 의류 브랜드로 세계적 반열에 오른 디자이너 한준희.

"더 이상 무슨 설명이 필요할까요? 여기 소개된 분들 중 온 국민이 모르는 사람은 없을 것입니다. 이들의 화려한 성공은 어디서 시작됐을까요? 바로 대한민국이 자랑하는 투자 시스템입니다. 이제 대한민국은 올해의 유재홍을, 최영희를, 양연재와 한준희, 신상민을 찾고 있습니다. 바로 지금 이 화면을 보고 있는 여러분!"

카메라를 향한 아나운서의 손짓에 소망은 깜짝 놀라 움찔하고 말았다. 영상에 지나치게 몰입한 탓이었다.

"여러분이 그 주인공이 될 수 있습니다!"

앞서 소개된 유명인들은 짧게는 10년, 길게는 30년 전에 이미 숱한 화제 속에서 투자받았던 이들이었다. 시스템은 정확히 그들의 가능성을 알아보았고, 그 가능성을 만개시켰다. 이들이 투자자들에 안겨 준 부의 정도는 천문학적인 수준이었다. 그것은 투자 시스템의 냉혹성을 동시에 보여 줬는데,

돈이 되지 않는 분야는 투자에서 철저하게 배제됐기 때문이다. 마찬가지로 금전으로 환산할 수 있는 개인적인 성취만 인정되었고, 간접적으로 공공에 이바지한 것은 포함되지 않았다. 어쨌거나 중요한 건 투자자들이 엄청난 수익률의 배당금을 돌려받았고, 앞으로도 계속 돌려받을 거라는 사실이었다.

드물긴 하지만 큰 투자를 받고도 실패하거나, 기대에 못 미치는 경우도 있었다. 그렇다고 해도 투자금을 되갚아야 할 의무는 없었다. 단지 투자자 입장에선 분노할 수밖에 없었다. 그런 이유로 큰 성공을 거두지 못한 사람들은 조용히 사회에서 지워졌다. 그들은 눈에 띄는 성과를 낼 때까지 그렇게 조용히 숨어 살아야 했다.

이런 실패 사례가 있다 해도 그 비율은 매우 낮았고, 그에 비해 투자에 성공할 경우 수익은 엄청났다. 인생 역전 했다는 투자자들의 이야기가 심심찮게 들려왔다. 때문에 사람들은 계속해서 투자에 몰입했다.

"그럼 먼저, 미래 예측 테스트에 대해 알아볼까요?"
화면은 다시 바뀌어 교복에 책가방을 멘 학생들이 일렬로 줄 서 있는 모습이 나타났다. 그들은 출입문을 통해 건물 안으로 차례대로 들어갔다.

"매년 딱 한 번, 졸업시험에 합격한 전국의 학생들을 대상으로 미래 예측 테스트를 진행합니다. 이 테스트에서는 학생들의 두뇌를 스캔해, 미래의 가능성을 미리 내다볼 수 있습니다. 이를 가능케 한 것은 순수 국내 기술로 개발한 하이퍼 컴퓨터의 연산 시스템입니다. 이론적으로 하이퍼 컴퓨터는 최대 오천 명의 두뇌 스캔을 동시에 진행할 수 있는 능력을 갖추고 있습니다."

화면은 계속 바뀌었다. 단순하게 그려진 얼굴이 나타났다. 미소 지은 채 눈을 감은 얼굴이었다. 뒤이어 회로판 같은 선이 머리를 둘러싸며 그려졌다. 테스트 과정은 매스컴을 통해 잘 알려져 있었다. 테스트를 받은 당사자들의 증언도 많았다. 테스트를 받는 느낌은 사람마다 개인차가 있었다. 누군가는 좋은 꿈을 꾼 것 같다고 했고, 또 누군가는 인생 전체가 주마등처럼 스쳐 지나간 것 같다고도 했다. 소망은 늘 그게 어떤 느낌일지 궁금했다.

"하이퍼 컴퓨터의 예측 오차율은 수천 분의 일도 되지 않습니다. 지난 30년 간 축적된 데이터는 그 오차율마저 줄이고 있는 상황이고요. 평균 수익률은 무려 60퍼센트에 육박하고 있습니다. 그런데도 결과에 의심을 가진 분들은 없으시겠죠? 다음은 투자 과정을 보실까요?"

다시 화면에는 단순화된 투자 과정이 도표로 나타났다. 도표의 양쪽 끝에는 각각 서류 가방에 정장 차림인 어른의 아이콘과 책가방에 교복을 입은 학생 아이콘이 서 있었다. 그 사이로 화살표가 어른에서 학생에게로 향했다. 아나운서의 목소리가 이어졌다.

"대한민국 국민이라면 자유롭게 자신이 원하는 대상자에게 투자할 기회가 주어집니다. 투자를 받은 투자 대상자는, 투자금을 자유롭게 활용해 이익을 남기고, 그 이익은 다시 투자자들에게 배분됩니다. 투자 대상자는 자신의 꿈을 이루고, 투자자들은 수익을 나눠 갖고. 꿩 먹고 알 먹고의 윈윈 전략이 바로 투자 시스템의 핵심!"

투자받은 학생은 투자금을 마음대로 쓸 수 있었다. 그 돈으로 유학을 가건, 사업을 하건, 여흥으로 탕진을 하건, 당사자 말고 누구도 상관할 수 없었다. 그리고 누구도 왈가왈부하지 않았다. 그간의 통계와 확률을 통해 투자의 결과를 이미 알고 있었기 때문이다. 돈을 어떻게 쓰건 그 학생은 사회적 성공을 이뤄 낼 것이고, 엄청난 수익을 낼 게 분명했다. 투자금은 첫 10년 후에 배당금으로 돌아왔다. 그때 투자금을 회수하는 것도 가능했다. 다음에는 5년, 그리고 다시 3년으로 투자 기간이 정해졌고, 그 이후에는 1년 단위로 투자금을 이동시킬 수 있었다. 하지만 투자 기간 중에는 투자금을 회수하는 것이 불가능했다. 수익률은 첫 번째 투자에서 가장 컸기 때문에 사람들의 돈은 줄곧 처음으로 투자받는 고3 학생들에게로 향했다. 사람들 눈에 미예테 통과자는 황금알을 낳는 거위처럼 보였다.

문제는 미예테 통과자가 여러 명 배출된 해였다. 똑같이 미예테를 통과했지만 사람들의 선택은 냉정해졌다. 투자 대상이 많아질수록 수익률을 더 철저히 분석해야 한다는 사실을 국민들은 경험으로 알았기 때문이다.

그만큼 미예테 이후의 개별적인 캠페인이 중요해졌다. 투자 대상이 된 학생들은 자신의 가치를 홍보하기 위해 적극적으로 캠페인을 벌였다. 수익률이 더 낮은 곳에 투자하고 싶어 하는 사람은 아무도 없었다. 한 학생에게 모인 투자금이 일정 금액에 못 미치면 아예 투자가 취소되었기에 투자자들의 분산 투자도 크게 효과를 보지는 못했다. 말하자면 투자받는 것까지가 테스트인 셈이었다. 덕분에 후보자들은 막판까지 서로 은밀한 거래를 주고받았다. 투자 대상자가 스스로 기권하는 것은 불법이었지만 다른 학생에게 전략적으로 투자하는 경우는 일반적이었다.

"미래 예측 테스트는 그 밖에도 투자 대상은 아니지만, 특별 대상 학생을 선별하는 역할도 수행하게 됩니다."

아나운서의 설명에 맞게 '특별 대상'의 분류 열두 가지가 나열된 도표가 등장했지만 중요하지 않다는 듯 빠르게 사라졌다. 특별 대상이란 열두 가지의 독특한 능력을 가진 학생들을 일컫는 말이었다. 미래 예측 시스템은 미래를 분석하면서 테스트를 통해 '발견할 수밖에 없는' 독특한 능력의 소유자들을 예측해 놓았다. 확률상 이런 종류의 학생들이 나올 수밖에 없다는 것이다. 그들은 다음과 같았다. 창조의 능력을 받은 창조자, 자기 모습을 다른 사람으로 바꿀 수 있는 둔갑자, 인간 활동 영역을 확대할 개척자, 미래를 예언하는 예언자, 전쟁을 통해 승리를 거머쥘 투쟁자, 사람의 마음을 조종할 유혹자, 중요한 질문에 해답을 찾아 줄 답변자, 분쟁을 해결할 능력을 지닌 중재자, 모든 병을 낫게 할 치유자, 모든 시간대와 장소에 개입할 수 있는 여행자, 죽은 자의 말을 대신 전해 줄 수 있는 대변자, 그리고 세상을 멸망시킬 파멸자까지.

투자 대상에 선정되는 것도 힘들지만, 특별 대상에 뽑히는 것은 그야말로 희박한 일이었다. 소망이 알기로는 30년이 넘는 테스트 역사상 딱 한 번 발견된 적이 있었다. 그마저도 테스트 초기에 나왔던지라 사람들의 관심에서 사라진 지 오래였다. 유일하게 발견된 특별 대상은 '창조자'였다. 소망은 그 창조자에 대해 아는 바가 없었다. 특별한 성과를 거두지 못한 게 분명했다. 아나운서의 설명이 짧은 것도 이런 이유 때문이었다.

"여러분은 국가의 미래입니다! 여러분의 미래를 국민들에게 보여 주세요!"

장엄한 애국가 연주와 함께 영상이 끝났다. 소망은 가슴이 벅차올랐고 코끝이 시큰해지는 걸 느꼈다. 태어나서 한 번도 주목받아 본 적 없는 이의 감격이었다. 그에게는 이 영상을 볼 자격이 주어진 것만으로 큰 영광이었던 것이다. 하지만 다른 아이들은 별 감흥도 없었던 모양이다. 다들 영상이 채 끝나기도 전에 잽싸게 내빼는 바람에 시청각실 뒷정리는 소망의 몫이 되었다.

3

"빰빠라밤, 빰빰빰 빰빠라밤~ 2055학년도 졸업시험 합격을 축하합니다!"

소망은 현관 앞에서 손뼉을 치며 엄마를 맞았다. 소망의 엄마 정안은 이건 또 무슨 일인가 싶어 잠시 현관에 선 채 상황을 파악했다. 소망이 워낙에 자주 상황극을 벌이는 덕분에 정안은 웬만한 일로는 놀라지도 않았다. 소망은 정중하게 엄마를 맞으며 외투 벗는 걸 돕고는 거실의 소파로 안내했다.

"엄마 피곤해. 맞장구쳐 줄 기운이 없다."

정안은 소망을 지나쳐 거실의 절반은 차지한 소파에 몸을 던졌다. 소망보다 키가 큰 정안이 소파에 눕자 긴 다리가 소파 밖으로 삐져나왔다. 거실은 정안의 방이기도 했다. 그녀는 어렵게 장만한 열다섯 평짜리 집의 유일한 방을 아들에게 양보한 것이다. 현관에서 소파까지는 세 걸음도 되지 않았다. 하지만 소망의 태도만 보면 일류 호텔의 로비처럼 느껴졌다. 엄마의 맥 빠지는 반응에도 소망은 상황극을 이어갔다.

"어머니, 오늘도 인공지능이 지시하는 일 처리하시느라 얼마나 고생이 많으셨습니까. 이제 그런 단순직에서 벗어나실 때가 된 것 같습니다."

"그런 일은 벌어지지 않아. 우리가 당장 먹고살 방법은 단순직뿐이란다. 정신 차려라, 아들."

정안은 눈을 감은 채 대꾸했다. 인공지능의 발달로 많은 사람들이 직업을 잃은 후였다. 직업은 양극화되었다. 한쪽 끝에 극도의 창의성을 발휘하거나 인간이 아니면 할 수 없는 극소수의 직업이 있었고, 그 반대쪽 끝에는 아무 생각도 기술도 필요하지 않은 단순한 노동이 있었다. 그 사이에 있는 다양한 직업들은 모두 인공지능이 대체했다. 단순직 노동자는 인공지능이 시키는 대로 단순한 일들을 처리했다. 기계를 청소하고, 물건을 분류하고, 페인트칠을 새로 하고, 간판을 바꿔 달았다. 때로는 도로를 막고 차량의 흐름을 막았다. 노동자 보호를 위해 로봇을 본격적으로 도입하지 않았기에 그나마의 일이라도 할 수 있었다.

일의 강도는 그리 높지 않았다. 하지만 단순직 노동자는 일을 하면서도 그 일을 해야 하는 이유를 정확히 알지 못했다. 그런 생각을 할 필요도 없었고 그럴 겨를조차 없었다. 노동의 전체 상황은 모두 인공지능이 파악하고 있었고, 인공지능이 결정한 일이니 옳은 판단이겠거니 짐작할 뿐이었다. 두서없이 매일매일 다른 일이 주어졌기 때문에 전문성도 노하우도 쌓이지 않았다. 사무실이나 공장, 공사장 등 일터의 큰 분류만 있을 뿐이었다. 그렇게 노동자는 인공지능이 총지휘하는 노동 생태계의 말단으로 전락했다. 일의 의미도 알지 못하고 하루 종일 끌려다녀야 했기에 단순직은 유독 사람을 지치게 했다. 노동의 보람이나 자부심은 사라졌다. 때문에 사람들은 더욱더 투자에 집착했다.

퇴근 후의 정안은 자기도 모르게 말투마저 무미건조하게 변해 있었다.

"현실을 직시하라, 휴먼. 이상."

"제가 알기로는 한 가지 방법이 더 있는 걸로 압니다만?"

"뭐, 투자? 아서라. 넌 투자 근처에도 갈 생각하지 마. 엄마 말 똑똑히 들어."

"흠흠, 투자하는 쪽 말고 받는 쪽은 어떤가요?"

"무슨 소리야?"

"그거 뭐라더라…… 미래 예측 테스트라던가……."

소망은 시치미를 떼며 생각이 안 난다는 듯 고개를 갸웃
거렸다. 정안은 눈을 가늘게 뜨고 아들을 보며 말했다.

"아서라. 기적이 일어난다면 또 모를까. 넌 여덟 살 때까지
바지에 오줌 싸던 애였어. 전혀 특별한 애가 아니었다고."

정안은 망설임 없이 대꾸했다. 그런 엄마의 반응에 익숙한
소망은 이 정도 말에 서운해하지도 않았다.

"엄마. 기적이 일어났어. 내가 말했지? 꼭 졸업시험 합격
할 거라고. 나 합격했어. 누구나 노력하면 가능한 거야. 평범
한 사람도 노력하면 된다고."

"평범한 사람이 노력하면 도달할 수 있는 지점이 딱 졸업
시험 합격까지인 거야. 타고난 사람은 미예테인지, 미어터지
는지 그것까지 통과하는 거지. 평범한 사람은 절대 타고난
사람을 못 이겨. 암튼, 졸업시험 잘 본 건 인정! 축하한다, 아
들. 끝. 여기까지."

정안은 다시 눈을 감았다. 엄마 곁에 앉아 있던 소망은 자
리에서 벌떡 일어나 두 손을 번쩍 들어 올렸다.

"두고 봐, 엄마. 내가 꼭 증명해 보일게. 내가 꼭 투자받아

서 엄마 집에서 쉬게 해 줄 거야."

"다른 애들은 벌써 단순직 뭐 할지 알아보고 있을 시기인데 넌 도대체 뭐 하는 거니? 정신 차려, 쓸데없는 생각 하지 말고. 현실을 제대로 직시하고 살아. 꿈을 꿔도 괜찮던 시절은 다 지나갔어. 넌 네 아빠를 너무 많이 닮았어. 그 인간 뒤따라가다간 너도 인생 제대로 망하는 거야."

정안이 소망 쪽으로 몸을 틀어 누우며 말했다. 소망은 알고 있었다. 엄마가 말이 많아지고 빨라질 때는 오직 돌아가신 아빠 흉을 볼 때뿐이라는 것을. 곧 아빠에 대해 길고 긴 험담이 이어질 차례였다. 소망의 아빠 백만장은 소망이 다섯 살 때 병으로 죽고 말았다. 소망은 아빠 얼굴을 사진으로만 기억했다.

"그래, 너한테 무슨 죄가 있겠니. 내가 그 인간을 만난 것부터가 잘못이었지. 인간은 그런 거야. 알면서도……."

"……알면서도 매번 같은 잘못을 저지르고 마는 거."

소망의 입에서 정안의 다음 말이 자동으로 흘러나왔다. 나머지도 외우라면 외울 수 있을 정도였다.

"그래. 넌 이런 말들이 다 지겹겠지. 그래도 이건 인생의 진리니까 새겨들어. 아무리 세월이 지나도 변하지 않는 게 있다면, 그건 인간은 알면서도 같은 잘못을 반복한다는 거야. 네 아빠란 인간도 그래. 다시 살아 돌아온다고 해도 그 인간은 또…….”

소망은 그 뻔한 넋두리를 듣기 싫어 재빨리 엄마의 말을 자르며 물었다.

“엄마는 그럼 아빠 같은 사람이랑 도대체 왜 결혼한 거야?”

정안은 갑자기 입을 닫았다. 그리고 다시 몸을 돌려 바로 누웠다.

“엄마 말 시키지 마. 피곤하다.”

소망은 엄마가 항상 그 질문에 답하지 않는다는 것도 알고 있었다. 정안은 더 이상 말이 없었다. 침울한 침묵이 거실을 가득 채웠다. 그러자 소망은 못 참겠다는 듯이 갑자기 일어나 엉덩이를 흔들며 춤을 췄다.

“춤추지 마. 정신 사나워.”

정안은 소망을 보지도 않고 말했다. 소망은 엄마가 쿠션을 던지고 나서야 춤추기를 멈췄다. 소망은 엄마의 작고 여린 어깨를 보면 슬퍼졌다. 그래서 슬픔을 잊기 위해 더욱더 신나게 춤을 추곤 했다. 엉덩이를 한창 흔들다 보면 슬픈 마음이 사라지고 긍정적인 마음이 솟아났다. 긍정의 스위치를 켜는 소망 나름의 방법이었다. 그는 항상 스위치를 켜려고 노력했는데, 그 말은 곧 스위치가 자꾸 꺼진다는 뜻이기도 했다.

자기 방으로 쫓겨 온 소망은 책상에 앉아 너덜너덜해진 책 한 권을 펼쳤다. 소망에게 경전과도 같은 그 책은 『긍정 회로의 기적』이란 제목의 자기계발서였다. 호기심이 이는 내용이었고, 시험 삼아 책이 시키는 대로 해 봤을 뿐인데 일이 잘 풀렸다. 그럴수록 소망은 책에 더 의지했다. 소망은 미예테를 대비하는 방법도 책 안에 있을 거라고 굳게 믿었다. 책 안에는 모든 문제의 정답이 있었다. 소망은 테스트 날까지 이 책을 읽고 또 읽어 볼 생각이었다. 이미 구절구절 거의 외울 정도가 되었지만 소망은 읽고 또 읽었다. 남들은 비싼 돈을 들여 컨설팅도 받는다지만 소망의 형편으로는 이 정도가 최선이었다. 소망은 자기 형편에 낙담하지 않았다. 긍정 회로가 켜진 탓이었다.

'이거다!'

신중히 책장을 넘기던 소망은 강렬한 고딕체 문장에 주목했다.

― 자신만의 강점을 만들어라!

책에 의하면, 사람은 누구나 자신만의 강점을 가지고 있는데 대부분은 그것을 모르고 살았다. 강점이 뭔지 알 수만 있다면 강력한 경쟁력을 확보할 수 있었다. 소망은 생각해 봤다. 자신의 강점이 무엇인지 말이다. 하지만 떠오르는 게 없었다.

사실 그 문제는 쉬지 않고 소망을 괴롭혀 왔다. 자신이 다른 사람들에 미치지 못한다는 것을 깨달은 꼬맹이 시절부터 말이다. 소망은 열심히 자기만의 강점을 찾아왔다. 만약 남들보다 나은 면을 하나라도 발견한다면 자신감을 가지고 살 수 있었다. 자신감만 있다면 긍정 스위치를 강제로 켜는 일 따위는 필요 없었다. 하지만 아무리 생각해도 그게 뭔지 알 수가 없었다. 그래도 소망은 조급해하지 않았다. 분명 언젠가 찾게 될 거라고 믿었다. 그리고 그걸 찾게 되는 순간, 자신의 암울한 미래는 순식간에 바뀔 거라고 믿었다. 지금은 모든 게 긍정 스위치에 달려 있었다. 누구도 그 스위치를 내릴 수 없었다. 그 스스로 내리지 않는 이상 말이다.

4

투자청 앞에 선 소망은 그 위용에 감탄했다. 투자청 건물
은 좌우로 완전한 대칭을 이루고 있었고, 정문 앞에는 넓은
계단이 수십 층 쌓여 마치 신전과도 같은 느낌을 주었다. 그
앞에 구름처럼 모여 있는 시민들은 건물의 위엄을 더욱 돋보
이게 했다.

이곳에서 미래 예측 테스트가 이뤄졌다. 투자청은 인적 투
자만을 관리하는 정부 기관이었다. 전 국민의 관심과 그들의
돈이 몰리는 중대한 일이다 보니 하나의 독립기관으로 관리
하는 것이 당연했다. 그중에서도 핵심에 해당하는 미예테는
말할 것도 없이 투자청의 핵심 업무였다. 테스트는 삼엄한

보안과 감시 속에서 진행됐다. 대단위 경찰력을 비롯해 일부 군부대가 동원될 정도였다. 전국의 졸업시험 통과자들이 한자리에 모였고, 최첨단 처리 과정을 거쳐 당일 저녁에 결과가 발표되었다.

소망의 집에서 테스트 장소까지는 버스를 두 번 갈아타야했다. 출근 시간이었지만 묘하게 조용한 분위기가 감돌았다. 소망은 기분 탓일지도 모른다고 생각했다. 그런데 청사 건물에 가까워질수록 거리의 북적임이 심해졌다. 소망이 버스에서 내렸을 때는 이미 청사 입구에 엄청난 인파가 몰려 있었다. 건물을 둘러싸고 경찰이 인간 울타리를 만들고 있었고, 그 울타리 밖은 테스트 대상자들의 친지와 지인, 구경꾼들을 비롯해 각종 취재진으로 가득 찼다. 먹을 것이며 투자 자료집을 판매하는 장사꾼들까지 뒤섞여 발 디딜 틈이 없었다.

소망은 아침 일찍 일하러 나간 엄마를 떠올리며 생각했다.

'도대체 저 많은 사람은 일 안 하고 어떻게 여기 와 있지?'

소망이 아침에 일어나 보니 엄마는 벌써 출근한 후였다. 적어도 소망의 엄마에게만큼은 여느 날과 다를 바 없는 아침이었다.

미예테 대상 학생들은 그 인파의 한가운데 열린 통로를

통해 건물로 들어가야 했다. 사람들은 건물 안으로 들어서는 학생들에게 비상한 관심을 보였다. 그들은 학생들을 투자 대상으로 바라보고 있었다. 남들보다 먼저 미래에 대한 조그만 단서라도 얻고 싶어 했다. 사람들은 학생들의 겉모습에 미래가 쓰여 있기라도 한 것처럼 그들을 샅샅이 훑어보았다. 소망은 그 기세에 눌려 자기도 모르게 움츠러들고 말았다. 머리를 한 번 흔들고는 정신을 차리려 노력했다.

'긍정 스위치 다시 올려! 문제없어, 난 천하무적이야!'

하지만 인파 속에서 태슬과 우식을 발견한 순간, 소망은 걸음을 멈췄다. 그들은 장난기 가득한 눈으로 주변을 두리번거리고 있었다. 소망을 찾고 있는 게 분명했다. 소망은 재빨리 몸을 틀었지만 불행하게도 친구들이 들고 있던 플래카드를 보고야 말았다.

— 인류 최후의 희망 백소망!

— 긍정맨 컨셉으로 투자까지 가즈아~

요란하기 짝이 없는 글씨체였다. 소망은 두 친구가 응원을 나오겠다고 한 날부터 이런 상황을 걱정하고 있었다. 앞으로 자신은 유명 인사가 될 텐데, 저런 유난스러운 친구들이 이미지 형성에 도움이 될까? 두 친구에겐 미안하지만 소망은 그들이 조금 창피했다. 다행히 태슬과 우식은 소망을 발견하지 못한 것 같았다. 소망은 쏜살같이 그곳을 빠져나왔다.

'미안하다, 얘들아. 대신에 나중에 투자금 받아서 맛있는 거 사 줄게!'

소망은 또 다른 출입문은 없는지 경찰에게 물어보았다. 소망과 같은 사정의 아이들이 여럿 있었는지 경찰은 자연스레 옆문으로 소망을 안내했다. 아무래도 사람들이 열광적으로 반응하다 보니 부담을 느끼는 학생들이 많은 듯했다. 나쁜 영향을 받는다면 자칫 일생일대의 기회를 날릴지도 모를 일이었다.

소망이 들어선 옆문은 정문과는 다른 차분한 분위기가 감돌았다. 소망은 이곳이 정부 기관이라는 사실을 새삼 실감했다. 장식이라고는 찾아볼 수 없는, 밋밋하고 넓은 공간이 나타났다. 안내 데스크 뒤쪽으로 긴 복도가 보였고, 복도 양옆으로 규격화된 문이 일정하게 늘어서 있었다. 입구 쪽에는 몇몇 경찰과 투자청 직원들이 대기 중이었다.

소망은 안내 데스크에서 신원을 확인하고 화살표를 따라 긴 복도로 들어섰다. 모든 문의 위쪽에는 부서별 이름이 적혀 있었다. 서무 1팀, 서무 2팀……. 소망은 굳게 닫힌 나무 질감의 문 너머에 어떤 사람들이 있고, 그들이 무슨 일을 하는지 상상도 되지 않았다. 복도의 끝에 대기실로 향하는 계단이 나타났다. 화살표는 계단 위쪽을 가리키고 있었다.

계단을 오르던 소망은 계단참에 서 있는 한 여학생과 마주쳤다. 양볼이 발그레한 아이였는데, 짧은 머리를 하나로 묶어 살짝 솟은 광대뼈가 도드라져 보였다. 체육복 차림에, 책가방을 앞으로 메고 있었다. 소망은 잠시 놀라 걸음을 멈췄다. 여학생은 무심하게 계단참 창밖을 바라보며 생크림 케이크 한 조각을 입안 가득 우물거리고 있었다. 묘하게 느긋하고 나른한 인상이었다. 손에 들린 제과점 비닐봉지에는 플라스틱 케이스에 개별 포장된 또 다른 조각 케이크가 여럿 보였다.

미예테를 받으러 온 아침, 투자청 계단참에 서서 생크림 케이크를 먹고 있는 아이라니. 케이크를 먹든 물구나무를 서든 상관할 바는 아니었지만, 소망은 그 애가 상식 밖에 있다는 느낌을 받았다. 최대한 기척을 숨기며 여학생을 지나쳤다. 그런데 소망의 뒤에서 그 애의 목소리가 들렸다.

"거기 너. 스톱."

"응? 나?"

소망이 놀라서 걸음을 멈췄다.

"그래, 너."

여학생은 소망을 아래위로 훑어보았다. 입안에 여전히 케이크를 우물거리는 중이었다. 이윽고 그녀는 소망이 누군지 알아봤다는 듯이 고개를 끄덕였다. 그러고는 얼굴에 희미한 미소를 띤 채 말했다.

"그래…… 너구나. 미래를 멸망시킬 아이가."

소망은 자신의 귀를 의심했다. 겉모습을 보며 감지했던 경고 신호가 확신으로 바뀌고 있었다.

'분명히 이상한 아이다!'

여학생은 소망의 눈을 똑바로 바라보며 다시 말했다.

"넌 세상을 멸망시키게 될 거야. 이번에 투자를 받지 못한다면 말이야."

소망은 이것이 무슨 새로 유행하는 장난 같은 건가, 하는 생각을 했다. SNS엔 이런 식의 엉뚱한 장난을 담은 영상이 넘쳐났다. 그런데 여학생은 말을 마치자마자 볼일 다 봤다는 듯 자리를 떴다. 소망은 자신을 지나쳐 가는 그 애를 멍청하게 지켜볼 수밖에 없었다. 여학생은 문득 생각난 듯 비닐봉지를 뒤적여 조각 케이크 하나를 꺼내 소망에게 건넸다.

"만나서 반가워. 내 이름은 최선이야. 그냥 편하게 써니라고 불러."

소망은 써니가 내민 케이크가 흉기라도 되는 것처럼 뒤로 움찔 물러났다. 그에겐 모든 게 너무 급작스러운 전개였다.

'케이크와 멸망과 또 다른 케이크?'

소망은 어색하게 웃으며 말했다.

"아, 아니, 난 괜찮아."

"왜? 케이크 싫어해?"

"아니, 그건 아니지만······ 아침부터 케이크는 좀 과하지 않아?"

그것은 소망이 할 수 있는 가장 정중한 거절 표현이었다. 써니는 그 말을 듣고 잠시 소망의 얼굴을 빤히 바라보다가 문득 입을 열었다.

"넌 사는 게 얼마나 뻔한지 모르지? 그걸 견뎌 내려면 이 정도는 먹어 줘야 해. 과한 게 아니라 모자를 정도지."

써니는 쓸쓸하게 말했다. 그러고는 혼자 비장하게 고개를 끄덕이더니 작별 인사도 없이 소망의 시야에서 사라졌다. 소망은 방금 무슨 일이 벌어진 건지 잘 파악이 되지 않았다. 정신을 차리고 보니 소망의 손에는 조각 케이크 하나가 들려 있었다.

5

덩치 큰 남자가 소망의 뒤에서 소변보는 것을 지켜보고 있었다. 남자의 시선 때문인지 유독 소변이 잘 나오지 않았다. 위아래로 병원 검사복을 입은 소망은 가뜩이나 잔뜩 긴장한 상태였다. 뒤에 선 남자의 시선 때문이기도 했지만 무엇보다 소변을 시험관에 담아 본 적이 없었던 탓이다. 종이컵을 이용해 소변을 시험관에 절반 정도 차게 받아 오라는 지시를 받은 참이었다. 소변 검사가 처음인 건 다른 학생들도 마찬가지였다. 소망은 다른 학생들이 투덜거리는 대화를 들었다.

"이걸 도대체 왜 하는 거야?"

"약물 썼을까 봐 그러지. 이전에 몇 번이나 문제됐었잖아."

약물 문제는 학생들이 생각하는 것보다 훨씬 철저하게 다뤄졌다. 약물로 결과를 조작하려는 시도는 테스트에 대한 신뢰를 위협했다. 때문에 소변을 담는 과정까지 투자청 직원이 일일이 감시했다. 혈액 검사를 마지막으로 마치고 나서야 학생들은 본격적인 미예테 단계로 들어설 수 있었다.

몇 개 조로 나뉘어 대기하고 있던 학생들은 차례대로 작은 컵에 담긴 약물을 받아 마시고, 한 명씩 검사실 안으로 들어갔다. 그 안에는 거대한 기계가 있었는데, 그 새하얀 외연은 흡사 병원에 있는 대형 판독 장치처럼 보였다. 검사실로 들어선 학생은 그 기계 안에 마련된 좁고 긴 침대에 누웠다. 그 안에서 학생들은 짧게 잠이 들었다. 그러다 깨어나면 들어왔던 곳을 통해 다시 나가면 됐다. 그게 전부였다. 그 짧은 시간 동안 기계는 피실험자의 두뇌 변화를 면밀히 관찰했다.

의외로 싱겁게 끝난 검사에 소망은 아쉬움을 넘어 허탈함마저 느꼈다. 그는 자신이 긍정 스위치를 제대로 켰는지 확신이 서지 않았다. 하지만 잠든 사이에 할 수 있는 일이라곤 아무것도 없었다. 개인이 어떤 노력을 한다고 결과가 달라지는 종류의 테스트가 아니었다.

미예테는 원래 기후 변화를 예측하기 위해 고안한 시스템이었다. 이를 미래 예측 전반에 적용시킨 사람은 괴짜로 알려진 '미래 박사' 공대성이었다. 시스템이 날씨를 조금의 오차 범위 없이 예측해 내자(이제 사람들은 기상청 예보를 100퍼센트 믿었다), 공 박사는 그것을 사람의 두뇌에도 적용할 수 있지 않을까 생각했다. 실험 결과, 모든 연령대에서 예측이 가능했지만, 십 대 후반의 학생들에게서 가장 정확한 추정치가 나왔다. 이후 공 박사는 인류의 운명을 바꿨다. 3년 전 110세의 나이로 숨을 거두기까지 그는 세종대왕에 비견될 정도의 '살아 있는 위인'으로 추앙되었다.

공 박사의 시스템은 짧은 시간 안에 많은 시뮬레이션을 전개했다. 두뇌는 마치 실제 상황인 것처럼 모든 상황에 반응했다. 기술의 발전과 함께 시간 대비 시뮬레이션 횟수는 기하급수적으로 늘어났고, 그만큼 정확도도 높아졌다. 당사자가 상상도 할 수 없는 미래가 그의 머릿속에서 수십, 수백억 번 반복되는 것이다. 그것은 수십, 수백억 번의 인생을 사는 것과도 같았다. 일부 사람들은 뛰어난 젊은이들이 쉽게 무기력해지는 이유가 그 테스트 때문이라고 수군거렸다. 이미 수십, 수백억 번의 인생을 살아 봤으니 오죽하겠느냐는 말이었다. 투자청은 근거 없는 소리라고 일축했다. 테스트는 학생들에게 아무런 영향도 미치지 않는다는 게 그들의 공식적인 입장이었다. 그 말이 사실이든 아니든, 테스트를 받는 중에 마음대로 두뇌를 사용할 수 없다는 사실은 분명했다.

그럼에도 일부 학부모들은 어린 자녀들에게 두뇌 훈련을 시켰다. 과학적 근거가 부족한 사이비 훈련소들이 판을 치고 있었다. 가격대에 따라 방식이 천차만별이긴 했지만 결론적으로는 비슷했다. 그들은 집중력을 높이는 훈련을 통해 뇌파를 의도한 대로 바꿀 수 있다고 홍보했다. 훈련소 출신이 테스트를 통과하는 비율은 보잘것없었다. 그래도 학부모들에게 희망을 주는 용도로 명맥을 이어 가고 있었다. 극소수의 상류층을 위한 특별한 훈련이 있다는 소문도 있었다. 소망은 그 소문이 만약 진짜라면 어떤 훈련을 하게 될지 궁금했다. 나름대로 상상해 보려 해도 학생들이 줄지어 선 침대에 누워 잠든 모습 같은 게 떠오를 뿐이었다.

어쨌거나 또다시 모든 게 끝났다. 이제 결과가 나오기를 마냥 기다릴 시간이었다. 학생들은 자기 옷으로 갈아입고 각자 지정된 대기실에서 시간을 때우고 있었다. 대기실은 졸업 시험을 마친 교실과는 전혀 다른 분위기였다. 이들은 처음부터 미예테 통과를 목표로 해 왔고, 시험 삼아 이곳에 와 있는 아이들은 아무도 없었다. 엄청난 기대감이 조용한 실내에 흐르고 있었다. 학생들 대부분은 초조함을 진정시키려 나름의 노력을 기울이고 있었다. 휴대폰으로 게임을 하거나, 책을 읽거나, 조용히 기도하는 아이도 있었고, 내내 부모님과 통화 중인 아이도 있었다. 소망으로 말할 것 같으면, 또다시 하체 운동을 하고 있었다. 졸업시험 때는 서른세 번만 반복하면 됐지만, 이번에는 그 정도로 어림도 없었다. 어느새 소망의 이마에는 땀이 송글송글 맺혔고, 숨도 턱까지 차올랐다. 허벅지가 터져 나갈 것 같아 바닥에 주저앉아 잠시 숨을 고르고 있는데, 복도 끝에서부터 통과자를 발표하고 있다는 소식이 들려왔다. 소망이 있던 대기실은 반대쪽 끝에 있었다. 소망은 허벅지 통증을 잊을 정도로 바짝 긴장이 됐다.

'긍정 스위치, 긍정 스위치를 올려라.'

소망이 연신 마른침을 삼키고 있는데 저 멀리서 놀란 아이들의 웅성거림과 환호성이 들려왔다. 소리는 점점 가까워지고 있었다. 옆방에서 박수 소리가 터져 나왔다. 소망은 그 소리가 마지막일까 봐 초조해졌다. 잠시 조용해지더니, 누군가 소망의 대기실 문을 두드렸고, 이윽고 문이 열렸다. 대기실 안의 모든 학생은 얼어붙었다. 연구원 가운을 입은 뚱뚱한 남자가 모습을 드러냈다. 그는 신중한 동작으로 얼굴에 흐르는 땀을 닦아 내면서 손에 들린 서류를 유심히 들여다보았다. 그는 고개를 들고는 말했다.

"대폭등 고등학교 백소망 학생?"

소망은 말 그대로 심장이 내려앉는 느낌이었다. 약간의 통증으로 가슴께가 뻐근해질 정도였다. 그 짧은 순간 동안 소망은 마치 시간이 멈춘 듯했다. 그것은 말 그대로 긍정 스위치의 승리였다. 소망은 늘 그것을 굳게 믿고 있었지만, 지금 자신의 이름이 호명되는 이 순간만큼 그 위력에 놀란 적은 없다. 소망은 이것이 꿈일까 봐, 아니면 자신이 잘못 알아들은 걸까 봐 두려웠다. 하지만 겉으로 내색하지는 않았다. 애써 침착하고 자연스러운 발걸음으로, 이미 예측했다는 듯이, 연구원을 따라 복도로 나섰다. 소망은 시선을 주지 않았지만 대기실 안의 모든 학생이 자신을 바라보고 있음을 알았다.

소망이 복도로 나가 보니 이미 네 명의 학생이 모여 있었다. 그중에는 아까 계단에서 만난 써니도 있었다. 이번에는 막대사탕을 입에 문 채였다. 그녀는 소망과 눈이 마주치자 의미심장한 미소를 지었다. 미소가 꽤나 음흉해 보였지만 소망은 별로 신경 쓰지 않았다. 지금 그의 긍정 스위치를 방해할 수 있는 건 세상에 존재하지 않았다.

나머지 학생들과 함께 복도를 걸어가던 소망은 마음이 벅

차올랐다. 그제야 자신이 미예테를 통과했다는 게 실감 나기 시작했다. 고개를 들어 복도 끝을 보니 밝은 빛이 보였다. 살짝 고인 눈물 때문에 소망의 눈에는 복도 끝의 빛이 천국으로 가는 문처럼 아름다워 보였다. 드디어 그의 꿈이 이뤄졌다. 소망은 집에 가서 엄마에게 어떤 상황극으로 이 사실을 알릴지 생각했다. 천국 문을 들어선 엄마를 맞이하는 천사를 연기하면 좋을 것 같았다. 그는 천국에 가 본 적도 없었고 천사를 본 적도 없었지만 지금은 그게 뭔지 조금 알 것 같은 기분이었다. 앞으로 소망의 긍정 스위치는 영원히 내려가지 않을 것 같았다. 지구를 구할 영웅이라도 되는 듯 다섯 학생은 위풍당당한 걸음으로 문을 열고 밖으로 나갔다.

소망은 마치 높은 산의 정상에 올라온 기분이었다. 투자청
정문 앞에 높은 무대가 마련되어 있었다. 소망은 거기 서서
인파를 내려다보았다. 모든 시선이 무대 위를 향하고 있었
다. 소망의 마음은 점점 더 두근거렸다.

"이제 곧 테스트 결과 발표식이 있을 거야. 우리가 뒤에서
신호를 줄 테니까, 진행자 멘트에 따라서 한 명씩 단상으로
나가서 소감을 말하면 돼. 알았지?"

투자청 관계자는 아이들이 대답하기도 전에 바쁘게 사라
졌다. 무대 뒤에서 행사를 진행하는 직원들이 분주하게 움직
이고 있었다. 소망을 비롯한 다섯 학생은 미리 준비된 의자

에 나란히 앉았다. 소망에게는 무대 바깥쪽 끝자리가 주어졌고, 소망의 옆자리는 써니의 차지였다. 써니는 아까부터 물고 있던 막대 사탕을 입안에서 굴리는 데 집중하고 있었다. 그녀에게서 긴장한 기색이라곤 조금도 찾아볼 수 없었다.

"미래를 선도하는 국민의 투자청~ 투자청이 미래다. 미래는 국민이다. 투! 자! 투자! 투자~청!"

투자청 홍보 영상과 함께 로고송이 흘러나왔다.

"지금부터 단기 4388년, 대한민국 미래 예측 테스트 결과 발표식을 진행하겠습니다. 식전에 앞서 국민의례가 있겠습니다. 모두 자리에서 일어나 정면의 국기를 향해 주시기 바랍니다. 국기에 대하여, 경례."

애국가 연주가 흘러나왔고, 왼쪽 가슴에 오른손을 얹은 소망은 조금 눈물이 날 것만 같았다. 그는 생각했다. 올림픽에서 금메달을 따면 이런 기분인 걸까? 국민의례 이후에는 투자청장의 인사말이 이어졌다.

"무엇보다도, 올해는 다섯 명의 학생이 미래 예측 테스트를 통과하며, 여느 해를 훌쩍 웃도는 성과를 거두었습니다."

사람들은 탄성을 내질렀다. 소망은 괜히 뿌듯한 기분에 휩싸였다. 그 뒤로 몇몇 투자 성과와 현황을 설명하는 짧은 보고가 이어졌고, 마침내 명단 발표의 순간이 왔다. 소망은 설렘과 긴장을 동시에 느꼈다.

"테스트를 통과한 다섯 명의 학생 중, 영광의 첫 번째 학생은……."

모든 사람의 이목이 진행자의 입에 모여들었다.

"천안 우량주 고등학교의 서혜민 양!"

거대한 파도 소리와도 같은 박수 소리에 소망은 깜짝 놀랐다. 오히려 혜민은 담담한 걸음으로 단상으로 나갔다.

"먼저 저에게 이런 귀한 기회를 주신 투자청 관계자분들에게 감사의 말씀을 전합니다. 많은 학생을 대신해 이 자리에 서게 된 것을 잘 알고 있습니다. 그만큼 큰 책임감과 사명감을 가지고 끝까지 임할 것임을 약속드립니다."

혜민은 마치 외워 온 것처럼 말을 술술 쏟아 냈다. 잠시 청중의 박수를 만끽한 후 혜민은 뒤이어 미래에 대한 자신의 포부를 말하기 시작했다.

"저는 어렸을 적부터 아픈 사람을 돌보는 일에 관심이 많았습니다. 앞으로 제 남은 인생을 의료 부문의 개혁에 바치고자 합니다. 대한민국 의료계가 전 세계를 선도할 수 있도록 최선을 다하겠습니다. 세계에서 가장 안전하고 가장 저렴한 의료 시스템, 저 서혜민이 이루어 내겠습니다. 감사합니다!"

혜민이 말을 마치며 멋지게 머리 위로 주먹을 치켜들었다. 철저하게 준비된 제스처였다. 곧 시민들의 박수와 환호 소리가 터져 나왔다. 마치 혜민이 이미 의료 시스템을 개혁하기라도 한 것 같은 반응이었다. 그 모습을 지켜보자니 소망은 마음이 조급해졌다. 자신의 차례에 도대체 무슨 말을 해야 할지 알 수 없었던 것이다. 엄마의 빚을 갚아 주는 게 고작인 자신의 목표가 너무 부적절하게 느껴졌다. 고민 중이라고 둘러대야 하나? 아직은 혼자만의 비밀이라고 할까? 별의별 생각이 소망의 머리를 스쳤다. 반면 나머지 아이들은 침착했다. 소망은 그들이 테스트 통과를 어느 정도 예상하고 철저히 준비해 왔다는 걸 깨달았다. 소문으로만 듣던 고액의 컨설턴트를 받은 건지도 몰랐다. 생각이 거기에 미치자, 소망의 눈에 그들이 다르게 보였다. 대단한 강점들을 갖고 있었던 것이다. 괴상하게만 보였던 써니마저도 말이다.

두 번째로 소개된 박맑은옥돌은 환경 파괴 문제를 해결하고 싶다고 했다. 세 번째는 항공 우주 부문에 소신을 밝힌 우주연이었다. 모두 앞선 서혜민처럼 미리 준비해 온 것 같은 매끄러운 발표였다.

그리고 드디어 써니의 차례였다. 정작 심드렁한 써니와는 달리 소망은 머릿속이 새하얘지고 있었다. 그런데 진행자는 곧장 써니를 소개하지 않고 말을 가다듬으며 뜸을 들였다.

"에, 올해 미래 예측 테스트에서는 반가운 소식이 더해졌습니다. 이미 많은 분이 알고 계시듯이, 저희 투자청의 테스트는 단지 미래를 선도할 학생들을 선발하는 것에 그치지 않고, 특별한 능력을 가진 능력자를 발굴하고 있습니다."

객석에서 산발적인 비명과 웅성거림이 터져 나왔다. 사람들은 진행자가 무슨 말을 하려는지 알고 있는 것 같았다. 아직 상황을 파악하지 못한 소망은 이게 무슨 일인가 싶었다.

"저희 투자청은 이번에 세 명의 통과자 외에도, 두 명의 능력자를 발굴했습니다. 그럼, 지금부터 바로 그 두 명의 능력자를 소개하도록 하겠습니다."

사람들은 믿을 수가 없었다. 능력자라니! 30년의 미예테역사상 단 한 명만 나왔다는 바로 그 능력자가 올해는 두 명이나 나온 것이다. 소망은 소망대로 정신이 없었다.

'이게 무슨 말이지? 능력자? 누가 능력자라는 거야?'

소망은 주변을 둘러보았다. 대기 중인 학생은 써니와 자신두 명뿐이었다. 진행자가 말한 두 명의 능력자 중 하나가 소망 자신임을 깨닫는 데는 어느 정도 시간이 걸렸다. 소망은 테스트를 통과했을 뿐만 아니라 특별한 능력자로 선택된 것이다.

'나야? 난가 봐! 진짜 내가 능력자네?'

미예테를 통과한 것도 모자라 능력자라니…… 거듭 소망의 상상을 뛰어넘는 일이 이어지고 있었다.

'나는 능력자다!'

소망은 확신에 차서 그렇게 생각했다. 조금 전까지 금은똥의 똥이었던 자신이 능력자로 올라선 것이다. 불현듯 소망의 시간이 느리게 흘러가기 시작했다. 마치 죽음을 앞둔 사람들이 그러하듯이, 자기 삶 전체가 영화처럼 눈앞을 스쳐 지나갔다. 소망은 모든 게 이해됐다. 그러고 보니 지금까지 자신의 성장 과정이 비범했던 것 같기도 했다.

'그렇다. 백소망은 아버지를 일찍 여의고, 홀어머니 밑에서 가난하게 자라며, 언제나 무시를 많이 당했다. 하지만 그의 능력은 끝내 감춰질 수 없었다. 이제 세상을 위해 그 능력을 발휘할 때가 온 것이다!'

소망의 머릿속에서는 이미 전기 다큐멘터리 한 편이 뚝딱 만들어지고 있었다.

"먼저, 예언자를 소개하겠습니다. 서울 저평가 고등학교 최선 학생."

사람들은 흥분의 환호를 내질렀다.

"예언자라고? 예언자래! 세상에……."

"드디어 예언자가 나타났어!"

"어떡해. 내 눈으로 예언자를 보게 되다니!"

예언자는 미예테 초기부터 기다려 온 능력자였다. 예언자
만 있으면 모든 미래를 알 수 있을 터였고, 그러면 미래 예측
시스템은 완성되는 것이나 다름없었다. 이 시스템 전체가 예
언자의 등장을 기다리고 있었다고 해도 과언이 아니었다. 예
언자를 보유한 나라는 아직 어디에도 없었다. 이제 미래는
대한민국의 손바닥 안에 있는 것이나 다름없었다. 사람들은
미래만 알면 모든 문제가 해결될 거라고 굳게 믿고 있었다.

써니는 호명을 받고 단상 앞으로 나섰다. 하지만 그녀는
별로 관심이 없어 보였다. 심드렁하게 뜬 눈으로 관중을 쓱
한번 둘러본 써니는 입에 물고 있던 막대 사탕을 손에 들었
다. 그리고 삐딱한 자세로 마이크를 스탠드에서 빼 들었다.

"여러분, 여러분? 잠깐만요, 잠깐만 진정해 주세요. 지금
이렇게 기뻐하고 있을 때가 아닙니다."

써니는 사람들의 웅성거림이 멎을 때까지 좀 더 기다려야
했다. 사람들은 그녀가 무슨 소리를 하려나 싶어 조용해졌다.
그녀의 모든 말은 예언이었던 것이다. 예언자가 첫 번째 예
언을 하려는 순간이었다. 사람들이 진정되자 써니가 말했다.

"지금부터 제가 하는 이야기를 잘 들어 주세요. 능력자의 등장이 기쁜 일만은 아닙니다. 왜냐하면."

써니는 몸을 돌려 다음 차례를 기다리고 있는 소망을 정확하게 가리켰다.

"저기 있는 쟤가 파멸자거든요."

7

사람들은 잠시 아무런 반응도 하지 못했다. 그러다 조금씩 웅성거림이 들려오기 시작했다. 사람들은 자신들이 처한 상황을 파악하느라 혼란스러워하고 있었다.

"파멸자? 그 파멸자 말이야?"

"우리 이제 다 죽는 거야?"

"왜 저놈을 그대로 두는 거지?"

웅성거림은 비명과 아우성으로 바뀌고 있었다. 장내의 분위기는 순식간에 뒤바뀌었다. 사람들은 서로 무슨 소리를 내는지도 모르고 되는대로 소리를 질렀다. 진행자는 당황한 듯 급하게 관계자들에게 뭔가를 지시했다. 요란한 호각 소리와 함께 경찰들이 추가로 투입되었고, 그들이 서로 팔을 연결해 만들고 있던 안전선은 더 견고하고 촘촘해졌다. 호각 소리는 사람들을 더욱 불안하게 만들었다. 하지만 지금 누구보다 불안한 사람은 다름 아닌 소망이었다.

'파멸자? 내가?'

놀란 소망은 속으로 생각했다. 그와 동시에 아까 써니가 자신에게 한 말이 떠올랐다.

"넌 세상을 멸망시키게 될 거야."

그때는 그저 괴상한 말이라고 생각하고 지나쳤지만, 지금은 그럴 수 없었다. 써니가 예언자였기 때문이다.

파멸자. 그것은 열두 능력자 중 하나로, 인류사에 대대적인 해악을 끼치는 사람을 일컬었다. 히틀러 같은 독재자나 사이비 교주, 혹은 테러리스트가 대표적인 파멸자였다. 그들은 하나같이 뛰어난 리더십을 발휘해 사람들을 파멸로 이끌었다. 사람들은 그런 능력자가 있다는 건 알았지만, 눈앞의 현실이 될 것이라 예상한 사람은 없었다. 일상을 사는 사람들에게 '파멸'이라는 단어는 얼마나 낯선지.

소망 옆에 앉아 있던 학생들이 놀란 눈으로 소망을 바라보고 있었다. 가장 가까이 앉아 있던 박맑은옥돌은 의자에서 엉덩이를 떼고 엉거주춤하게 소망에게서 거리를 두었다. 소망은 침착하려 애썼다. 하지만 사람들의 비명 때문에 제대로 생각할 수가 없었다. 진행자는 급하게 사람들의 동요를 무마하려 했다.

"자, 정숙해 주십시오. 조금만 진정해 주세요. 파멸자가 나온 것은 사실입니다. 하지만 투자청이 해당 학생을 관리할 예정입니다. 걱정하지 않으셔도 됩니다. 투자청이 능력자를 찾는 이유는 특별 관리를 위해서이기도 합니다."

진행자의 말에 소망은 결정타를 맞은 것처럼 심장이 철렁했다. 그것은 소망이 공식적으로 파멸자임을 확인시켜 주는 발표와도 같았다. 소망은 자신이 큰 잘못이라도 저지른 것처럼 겁이 났다. 소망의 눈에 그제야 사람들의 시선과 반응이 들어왔다. 그들은 소망을 향해 손가락질했고, 주먹질을 해 대고 있었다. 누군가는 공포에 질려 울고 있었다. 소망은 처음으로 수치심을 느꼈다. 긍정 스위치를 올린 이후로 처음 겪는 일이었다. 소망은 아무 짓도 하지 않았는데 유죄 판결을 받은 죄인이 되었다. 한 번도 경험해 본 적 없는 강력한 부정 스위치였다. 이대로는 부정의 쓰나미에 휩쓸릴 게 분명했다. 비상사태였다. 소망은 급하게 정신을 집중하며 두뇌에 명령했다.

'긍정 스위치! 긍정 스위치가 내려갔어! 당장 스위치를 올

려!'

써니는 이 모든 소동을 만들어 낸 사람답지 않게 느긋했다. 다시 막대 사탕을 입에 물고는 단상에서 내려왔다. 그리고 똑바로 소망에게 다가가 마이크를 내밀었다. 진행자는 써니의 행동에 다시 한번 당황했다. 그는 애초에 소망에게 발언의 기회를 줄 생각이 없었던 것이다. 소망은 써니의 얼굴을 보았다. 그녀는 별일 아니라는 듯 눈썹을 으쓱거렸을 뿐이었다. 관계자들이 마이크를 뺏어야 하는지 그대로 둬야 하는지 우왕좌왕하는 사이 마이크는 넘어가 버렸다. 소망은 떠밀리듯 의자에서 일어나 경직된 걸음으로 단상을 향했다. 소망의 시야에 수많은 사람의 얼굴이 보였다. 그들은 소망을 두려워하고 있었다. 얼음장처럼 차가운 침묵이 장내를 덮쳤다. 소망은 인파 속에서 태슬과 우식의 얼굴을 발견했다. 그들은 신이 나 보였다. 소리를 내진 않았지만, 배꼽이 빠져라 웃으며 소망의 모습을 휴대폰에 담는 중이었다. 소망은 생각했다. 괜찮다. 이 위기는 별것 아니다. 긍정 스위치가 다시 켜졌으니까. 그렇게 생각하니 조금은 침착할 수 있었다. 소망은 부정적인 기운을 떨쳐 내기 위해 짐짓 과장된 톤으로 밝게 인사했다.

"안녕하세요, 여러분! 파멸자 백소망입니다!"

관중은 싸늘했다. 소망은 처음으로 긍정의 마법이 작동하지 않을지도 모른다는 생각이 들었다. 그리고 친구들의 말을 떠올렸다. 설정의 승리일 뿐이라는 말. 단순직으로 먹고살 수만 있어도 다행이라는 엄마의 말도 떠올랐다. 그 모든 말들이 침묵 속에서 들려왔다. 관중의 눈빛은 같은 말을 쏘아붙이고 있었다. 소망은 그 압박을 이기지 못하고 눈을 질끈 감았다. 뒷자리에서 써니가 그 모습을 재밌다는 듯이 바라보고 있었다. 그런데 바로 그때, 소망의 머릿속에 하나의 생각이 떠올랐다.

'자신만의 강점을 만들어라!'

자기계발서에서 봤던 문장이 계시처럼 선명하게 떠올랐다. 소망의 표정은 다시 밝아졌다. 소망은 그 순간 자신만의 강점이 뭔지 깨달았다. 그것은 한 치의 의심도 할 수 없는 분명한 진실이었다. 그는 벅찬 목소리로 사람들을 향해 말했다.

"맞습니다! 저는 미래를 파멸시킬 거예요!"

사람들은 숨이 턱 하고 막힌 듯 몸을 움찔했다. 그들은 울음을 터뜨리기 직전의 아이 같은 표정이 되었다. 곧 엄청난 아우성이 뒤를 이을 참이었다. 그때 재빨리 소망이 덧붙였다.

"하지만 한 가지 단서가 붙습니다."

소망은 단상을 벗어나 사람들의 시선을 이끌었다. 그는 큰 몸짓으로 팔을 뻗어 손끝으로 써니를 가리켰다.

"예언자의 예언입니다. 제가 이번에 투자를 받지 못하면, 미래는 멸망하게 될 겁니다!"

이게 무슨 말인가 싶어 모두가 소망의 말을 이해하려 애썼다. 그때 소망이 써니를 향해 말했다.

"그렇지? 내 말이 맞지?"

여태껏 느긋하던 써니도 당황하고 말았다. 어느새 소망이 들이민 마이크가 써니의 코앞에 와 있었다. 마주 본 소망의 눈이 반짝거렸다. 그는 고개를 끄덕이며 어서 대답하라고 재촉하고 있었다. 당황한 써니는 막대 사탕을 다시 입에서 빼고는, 짧게 대답했다.

"사실입니다."

사람들은 다시 웅성거렸다. 진행자는 일이 어떻게 돌아가는 건지 파악하지 못하고 애꿎은 진행 대본만 들추어 봤다. 관계자들은 서로를 바라볼 뿐이었다. 써니의 말에 힘을 얻은 소망은 단상에 다시 올라 말했다.

"보십시오, 여러분! 저에게 투자하지 않으면 미래는 멸망뿐입니다! 여러분, 멸망에 투자하세요!"

그것은 세상에서 가장 해맑은 협박이었다. 그리고 그것은 소망이 발견한 자신만의 강점이기도 했다. 그것은 실제로 소망 앞에 '짠' 하고 나타났다. 예언자의 예언을 통해 말이다. 소망은 그 절망적인 예언에서 자기만의 경쟁력을 발견했다. 그것은 아무도 흉내 낼 수 없는 경쟁력이었다. 장내는 아수라장이 됐다. 진행 요원들이 다급히 학생들을 단상에서 내려보냈다. 사람들은 단상을 향해 손에 잡히는 대로 뭔가를 집어 던졌다. 경찰이 유지하고 있던 안전선은 붕괴됐다. 이것은 파멸자가 일으킨 최초의 선동이었고, 최초의 파멸이었다. 소망은 진행 요원에게 마이크를 빼앗기는 마지막 순간까지 신나게 외쳤다.

"멸망에 투자하세요! 멸망에 투자하세요!"

결과 발표 무대는 엉망이 되었다. 하지만 테스트 결과는
그대로였다. 써니의 예언도 번복되지 않았다. 논란이 없었
던 것은 아니었다. 테스트 결과를 의심하는 사람들도 있었
다. 하지만 투자청의 권위 자체를 부정할 수는 없었다. 국가
경제의 열쇠를 갖고 있는 쪽은 국민이 아니라 투자청이었다.
게다가 이번에는 예언자의 예언도 있지 않았던가. 투자청은
과감히 소망을 투자 대상자에 포함시켰다.

원래 능력자는 투자를 받을 수 없었다. 그들의 능력은 지
나치게 특별했기 때문에 상업적으로 이용하기보다 인류를
위한 공공재로 사용돼야 한다고 여겨졌다. 거기에는 국제사

회의 우려가 개입돼 있었다. 미래를 내다보는 국가가 있는 것도 불편한 일이었는데, 특별한 능력자들을 배출한다? 전 세계는 한국이란 나라가 그 능력을 남발할까 봐 걱정할 수밖에 없었다. 그래서 한국 정부에 압력을 넣었고, 정부는 투자 선상에서 그들을 제외시켰다. 하지만 그들이 정부에 소속되어 비공개 프로젝트를 진행하는 것까지 상관할 수는 없었다. 그 비밀 프로젝트가 과연 다른 나라에 어떤 영향을 끼칠지는 누구도 알 수 없었다. 능력자는 미예테 시스템과 더불어 한국 정부의 국가 자산이자 국가 기밀이었다. 다른 나라들은 한국의 기술을 쫓기에 바빴다. 한국은 미래 예측 기술의 선두 주자였다.

그런 와중에 소망이 투자를 받게 된 것은 기적 같은 일이었다. 모두 예언자의 예언 덕분이었다. 그 정도로 예언자의 권위는 절대적이었다. 몇 시간 후, 투자청 담당자는 선정된 학생들에게 주의 사항을 알려 줬다.

"투자일은 앞으로 한 달 뒤입니다. 투자 유치를 위한 캠페인은 그 기간 동안 전개하시면 됩니다. 시간이 촉박하니만큼 자신이 가진 모든 걸 다 보여 주셔야 할 겁니다. 특히나, 그 사이 문제 일으키는 행동은 되도록 하지 말고……."

담당자는 마지막 말을 하며 소망을 힐끗 봤다. 소망은 그저 신난 표정으로 생글거리고 있었다. 담당자는 애써 그런 소망을 못 본 척하며 투자청에서 제공되는 자율주행 차를 소개했다.

미예테 통과자들에게는 각각 한 대씩 자율주행 차가 지급되었다. 운전자가 필요 없는 자율주행 차량은 이미 상용화되었다. 하지만 일반인이 경험하는 건 대중교통이 대부분이었고, 개인 소유는 드물었다. 가격이 비쌌기 때문이다. 미예테 통과자는 그 중요성을 고려해 편의를 봐주겠다는 게 투자청의 입장이었다. 원래는 경호원이 24시간 배치되어 투자 대상인 학생들을 따라다녀야 했다. 하지만 학생들의 인권을 침해할 수 있다는 주장이 나온 이후로는 차량만 지원한다고 했다. 여기에는 국제 사회의 견제가 다시 개입됐다. 이웃 국가들은 인권 침해를 핑계로 정부의 지나친 투자 개입을 막으려고 했다. 대신에 당사자가 원한다는 전제하에 경호원을 요청할 수는 있었다. 소망과 써니를 제외한 나머지 학생들이 경호원을 요청했다. 소망으로서는 자가용이 생긴다는 것 자체가 경이로웠다. 소망의 집에는 차가 없었다. 그런데 거기다 경호원이라니! 소망은 왠지 부담되고 쑥스러운 마음이 들어 거절하고 말았다. 반면 써니는 아무 생각이 없어 보였다. 그저 만사가 귀찮다는 표정이었다. 담당자의 설명 이후 자율주행 차의 이용법을 숙지하고 있을 때였다. 소망에게 다가온 써니가 넌지시 말을 건넸다.

"너 생각보다 훨씬 골치 아픈 애구나?"

"응? 그것도 예언인 거야?"

써니는 억지 미소로 짜증을 표현했다.

"너는 네가 얼마나 엄청난 일을 저질렀는지 모르지? 모두의 운명이 달린 문제라고, 이거."

"날 도와준 건 정말 고마워. 네 예언이 아니었다면 난 투자 받지 못했을 거야. 하지만 난 네 예언을 믿지 못하겠어. 내가 파멸자라니! 난 그런 사람이 아니야. 네가 잘못 본 것 같아. 미예테 결과도 마찬가지고 말이야. 난 그냥 평범한 앤데."

소망은 투자청 관계자들이 듣지 못하게 속삭였다. 그는 일전의 절망감을 씻은 듯이 잊어버린 후였다. 다시 한번 긍정 스위치가 위력을 발휘했다. 써니도 그런 반응을 예상했다는 듯 가볍게 한숨을 쉬더니 어깨를 으쓱했다.

"안 믿으면 어쩔 수 없지. 하지만 넌 꼭 미래를 멸망시켜야만 해. 오늘은 그것만 알아 둬."

써니는 다시 자기 할 말만 하고는 자리를 떴다. 소망은 무대 위에서 써니의 예언이 가진 위력을 봤음에도 그녀의 말을 귀담아듣지도, 그 말을 믿지도 않았다. 그저 그녀가 조금 이상한 아이라고만 생각했을 뿐이다. 소망에게 더 중요한 것은 위기를 기회로 만들었다는 것, 그리고 투자받게 됐다는 사실이었다. 소망은 아직도 그 순간의 흥분에서 벗어나지 못하고 있었다. 그는 다시 한 번 확신했다.

'역시 난 할 수 있었어. 긍정적인 마음이 방법을 찾아내는 법!'

퇴근한 정안은 무슨 일이 일어났는지 전혀 모르고 있었다. 집 앞에 주차된 낯선 차를 보고 의아했을 뿐이었다. 소망은 엄마가 도착한 것을 알아채고는 거실 TV를 켜고 조용히 자기 방으로 돌아왔다. 그리고 숨죽여 엄마의 반응을 기다렸다. TV에서는 온종일 미예테 결과에 대한 뉴스가 나오고 있었다. 잠시 후에 엄마의 비명이 들려왔다.

"백소망! 너 도대체 무슨 짓을 한 거야?"

바로 소망이 기다리던 반응이었다. 소망은 방문을 열고 거실로 나가며 미리 준비해 놓은 색종이 조각을 자기 머리 위로 뿌렸다.

"감사합니다! 감사합니다!"

소망은 감격한 말투로 수상 소감을 말하는 영화배우 흉내를 냈다.

"이 기쁨을 집에서 TV로 보고 계실 저의 어머니, 심정안 여사님과 함께하고 싶습니다."

소파에 앉아 있던 정안은 어안이 벙벙한 표정으로 소망을 보았다.

"도움 주신 모든 분께도 감사드리고요. 앞으로 가정과 사회에 도움이 되는 사람이 되도록 노력하겠습니다. 엄마! 이제 일은 그만두고 집에서 쉬세요!"

소망의 상황극이 장난인 것만은 아니었다. 파멸자로 지목되지만 않았어도 꼭 그런 말을 하고 싶었기 때문이다. 소감을 마친 소망은 가상의 청중을 향해 연신 허리를 숙여 인사했다.

"너, 절대로 안 돼."

정안은 상황극을 받아 줄 기분이 전혀 아니었다. 소망은 설명이 필요하리라 생각하고 있었다.

"엄마, 파멸자라는 게, 그냥 하나의 가능성일 뿐이야. 내가 뭔가 잘못을 저지른 게 아니야."

정안은 소망의 말이 끝나기도 전에 말을 이었다.

"투자는 절대로 안 돼. 투자가 얼마나 무서운 건지 네가 몰라서 그래."

소망은 그제야 엄마가 신경 쓰는 게 파멸자가 아니라 투자라는 걸 깨달았다. 소망은 그런 엄마의 반응에 조금 감탄하고 말았다. 아들이 미래의 파멸자로 지목당했는데 별걱정을 하지 않는 엄마라니. 그건 꽤 특별한 경우였다. 일반적인 엄마였다면 벌써 울음을 터뜨리지 않았을까? 그렇게 생각하니 소망은 엄마의 반응이 고마워지기까지 했다. 그저 엄마 앞에서 좀 더 우쭐댈 기회가 사라지는 게 아쉬웠을 뿐이었다. 정안은 미래를 멸망시키니 어쩌니 하는 예언에 일절 관심이 없었다. 그녀에게는 모두 쓸모없는 이야기였다. 정안은 철저하게 현실을 살았고, 오늘을 살았다. 돈 버는 것 외의 일들은 관심조차 없었다.

"엄마, 투자를 하는 게 무서운 거지. 투자를 받는 건 전혀 무서운 게 아니야. 오히려 나한테 새로운 기회가 주어진 거라고. 아니, 엄마랑 나 모두에게! 좋은 거지!"

정안은 소망의 말에 미간을 찌푸리며 말했다.

"투자 근처도 가지 말라고 내가 그렇게 얘기를 했는데! 패가망신하고 싶어서 그래? 도대체 언제쯤 철이 들려고 그러니? 절대 안 돼!"

소망은 엄마의 화가 가라앉기를 잠시 기다렸다.

"엄마, 생각을 해 봐. 만약에 투자받기만 하면 더할 나위 없이 좋을 거고, 투자를 못 받아도 손해 볼 건 없어."

"너 투자 캠페인에 얼마나 돈이 많이 들어가는 줄 알아? 우리는 그런 돈 없어!"

"그건 걱정하지 마요, 엄마. 돈 안 드는 쪽으로 내가 방법을 찾아볼 테니까."

"네가 무슨 수로?"

엄마의 물음에 소망은 잠시 자신만만한 미소를 지었다. 그리고 자신의 휴대폰으로 SNS에 가득한 사람들의 폭발적인 반응을 보여 줬다.

"이미 나를 모르는 사람이 없어. 오히려 나한테 기회가 있다니깐?"

신중하게 휴대폰을 들여다보던 정안은 조금은 수그러든 말투로 말했다.

"그렇다면야 뭐…… 너, 대신에 투자만 믿지 말고 일자리도 알아봐야 해. 알았지?"

소망은 목이 빠져라 고개를 끄덕였다. 정안은 잠시 못마땅한 얼굴로 소망을 바라보다가, 귀찮다는 듯 소파에 모로 누웠다.

"그래, 인생에서 이런 것도 좋은 경험이 되겠지. 네가 언제 또 무대에 올라가 보겠니. 나중에 투자 못 받았다고 풀 죽어 있으면 한 대 맞을 줄 알아."

정안은 이번 사건을 인생에 한 번쯤은 있을 법한 일로 여겼다. 항상 몽상만 꾸는 소망에게 이런 경험이 현실을 깨닫는 계기가 되리라 생각했다. 그녀에게 몽상은 아무짝에도 쓸모없는 헛짓이었다. 그런 생각 때문인지 그녀는 자신에게 주어진 현실 이상을 상상하려 하지 않았다. 소망이 꿈을 과하게 꾼다면, 정안은 꿈 자체를 꾸지 않았다. 잠잘 때조차 꿈을 꾸지 않았다. 하루하루의 고단한 일들 때문이었다. 정안에게는 아들의 일에 일일이 참견할 만한 기운이 남아 있지 않았다. 그래서 매번 소망의 의욕을 꺾어 버리고 말았다. 정안이 의도한 건 아니었지만 어쨌든 그랬다.

정안은 얼마 못 가 눈을 감고 선잠에 빠져들었다. 소망은 그런 엄마의 얼굴을 들여다보았다. 소망은 엄마가 원래 그렇게 쌀쌀맞은 사람이 아니라는 사실을 알고 있었다. 그래서 엄마의 반응에 일일이 기분 나빠하지 않았다. 오히려 엄마 마음에 난 상처를 걱정했다.

모든 건 소망의 돌아가신 아빠 때문이었다. 소망의 아빠는 투자를 통해 인생 역전을 꿈꾸다 전 재산을 날리고 거액의 빚까지 남기고 말았다. 소망의 엄마가 끊임없이 일해야만 하는 이유가, 그리고 투자를 겁내는 이유가 거기 있었다. 그녀는 아들이 아빠처럼 헛꿈을 꾸다 인생을 망칠까 봐 늘 겁을 냈다. 하지만 소망은 자신의 꿈을 포기할 수 없었다. 소망은 다시 춤을 추었다. 정안이 깨지 않게 조용히. 그것은 혼자만의 자축 파티였다. 소망의 춤은 외로워 보였다. 언제나 그랬듯이. 정안의 코 고는 소리만이 고요한 거실을 채우고 있었다.

2부

반드시 악당이 되겠습니다

PICK ME

코미디언 출신의 유명 사회자는 자신을 향해 줄지어 앉아 있는 다섯 명의 학생을 바라보았다. 반듯하게 앉아 있는 앞쪽 세 명보다는 그 뒤쪽에 앉아 있는 두 명의 학생이 눈에 들어왔다. 써니는 무기력하게 소파에 등을 기대고 늘어져 있었다. 그 옆 끝자리에 앉은 소망은 신이 나서 견딜 수 없다는 듯 엉덩이를 들썩이고 있었다. 사회자는 쉽지 않은 방송이 될 것 같다고 생각했다.

매년 방송국에서는 그해의 미예테 통과자를 초청해 대담을 가졌다. 올해 대담은 특히나 큰 관심을 불러 모았는데, 그 이유는 역시 소망 때문이었다. 사람들은 소망의 등장 이후이 파멸자를 어떻게 다뤄야 하는지 혼란스러워했다. 온라인상에서는 벌써 의견이 분분했다. 이제는 예언을 의심하는 사람은 없었지만, 미래의 파멸자를 지금부터 경계해야 하는지 아닌지가 문제였다. 한 가지 분명한 사실은 모두 소망을 두려워했다는 점이다.

이런 사람들의 마음을 아는지 모르는지, 소망은 그저 방송에 출연한다는 사실에 마음이 들뜬 상태였다. 미예테 직후 방송국의 연락을 받았고, 2주 후로 방송 녹화 일정이 잡혔다. 소망은 그 2주 동안 별다른 활동을 하지 않았다. 당장 뭘 해야 할지도 몰랐고, 온라인상에서 사람들의 반응만 봐도 이미 소망을 모르는 사람이 없었기 때문이다. 소망은 그저 열심히 『긍정 회로의 기적』만 거듭 읽었다. 어쨌거나 2주 만에 본격적인 홍보의 기회를 얻은 소망은 샘솟는 의욕을 감출 수 없었다.

사회자가 관객 앞에서 학생들을 한 명씩 소개했다.

"우량주 고등학교의 서혜민 학생, 신고가 고등학교의 박맑은옥돌 학생, 장기투자 고등학교의 우주연 학생, 그리고 저평가 고등학교의 최선 학생……."

차례대로 호명 받은 학생들이 카메라와 객석을 향해 고개를 숙이며 인사했다. 그리고 마지막 소망의 차례가 되자, 객석에서 웅성거리는 소리가 들려왔다.

"마지막으로, 대폭등 고등학교의 백소망 학생."

"안녕하세요!"

소망은 양손을 흔드는 동시에 고개를 숙여 어수선한 인사를 했다. 객석은 요동했다. 파멸자라는 색안경을 낀 그들의 눈에 소망은 정신이상자로만 보였다. 하지만 그 우려 섞인 목소리를 자신을 향한 환호라고 착각한 소망은 자리에서 벌떡 일어나, 더 큰 몸짓으로 인사했다. 사람들은 소망의 길고 요란한 인사에 야유를 보내기 시작했다. 그러자 소망은 곧 시키지도 않은 춤까지 추기 시작했다. 옆에서 그 모습을 바라보던 써니는 고개를 절레절레 흔들었다. 좌우로 엉덩이를 흔들어 대는 소망의 모습에 사람들은 질렸다는 듯 입을 다물고 말았다.

"자, 자. 인제 그만. 인사는 이쯤에서 마무리 짓도록 하고요……."

사회자는 애써 침착함을 유지하며 빠르게 다음 순서로 넘어갔다. 이번에는 학생별로 자기소개의 시간이 주어졌다. 앞선 세 명은 테스트 발표 날 연단에서 했던 말과 흡사한, 모범적인 소개와 함께 간단한 포부를 덧붙였다. 반면 써니의 자기소개는 짧고 간단했다.

"안녕하세요. 최선입니다. 써니라고 불러 주세요."

역시나 소망은 이번에도 지나친 의욕에 차 있었다. 사회자는 불안감을 애써 감추며 소망에게 자기소개를 부탁했다.

"안녕하세요! 백소망입니다! 반가워요! 아, 파멸자로 결과 받았습니다. 잘 부탁드립니다!"

해맑은 소망과는 다르게 관객의 표정은 싸늘했다. 뒤이은 소망의 말은 그런 사람들의 마음에 찬물을 끼얹었다.

"투자 꼭 부탁드려요. 지구 멸망을 피할 길은 투자뿐이란 거, 아시죠? 우리 다 같이 살아남아야죠! 백! 소! 망! 꼭 기억해 주세요!"

소망을 파멸자로 바라보는 사람들에게 그의 의욕은 광기로만 비쳤다. 소망과는 반대로 사람들의 얼굴은 점점 더 어두워졌다.

계속해서 학생들의 평소 관심사에 대한 대담이 이어졌다. 하지만 이번에도 모든 사람의 관심은 소망을 향했다. 다른 학생들의 말이 귀에 들어올 리 없었다. 사람들이 그나마 흥미를 보이는 사람은 써니였지만, 그녀는 도통 길게 대답을 이어 가는 법이 없었다. 진행자는 마침내 소망에게 물었다.

"멸망을 일으킨다고 했는데, 구체적으로 어떤 종류의 멸망인가요?"

"글쎄요…… 제가 무엇에 관심을 두는지에 따라 달라지지 않을까요? 저도 궁금해지네요."

소망은 파멸자답지 않게 설레는 표정으로 말했다. 진행자를 비롯한 사람들은 모두 경악했다. 써니는 웃음이 터져 나오려는 걸 겨우 참았다.

이윽고 본격적으로 각 학생의 장래 희망을 듣는 순서가 이어졌다. 첫 번째로 지목받은 우주연이 항공우주산업에 대한 미래의 계획을 말했다. 그녀는 그 분야 연구를 확대해 군사 방위산업까지 진출하고 싶은 포부를 밝혔다. 그녀는 자신이 얼마나 그 분야에 온 힘을 기울여 왔는지를 강조했다. 상체를 내밀어 열정적으로 경청하던 소망이 호기심을 보이며 끼어들었다.

"전쟁 무기라면 저랑도 분야가 겹칠 수 있겠네요. 호기심이 갑니다."

아무도 그의 말에 반응할 수 없었다. 그저 싸늘한 침묵이 스튜디오를 채웠을 뿐. 진행자는 다급히 다음 학생에게 질문을 넘겼다. 두 번째로 지목된 서혜민이 의료 부문에 대한 포부를 밝히자, 소망은 바이러스 공격의 가능성을 언급했고,

세 번째 박맑은옥돌이 환경문제 해결을 이야기하자, 소망은 자연재해로 인한 멸망을 언급했다. 참다못한 관객 한 명이 소리쳤다.

"차라리 핵전쟁을 일으키지 그러나!"

그 말에 누군가는 웃음을 터뜨렸고, 누군가는 작게 비명을 질렀다. 소망은 잠시 생각하더니 활짝 웃으며 말했다.

"그런 멸망도 가능하겠군요! 거기까지는 생각도 못 했는데……. 감사합니다!"

스튜디오 안은 다시 싸늘해졌다. 진행자는 분위기를 어떻게든 바꿔 보려 써니에게 미래에 관해 물었다. 특히나 소망의 미래에 대한 예언을 자세히 말해 달라고 부탁했다. 드디어 모두가 궁금해하는 질문이 나왔지만 써니는 더 이상 할 말이 없다고 했다. 소망을 가리키며 무심하게 대답할 뿐이었다.

"얘는 투자 못 받으면 세상을 멸망시킬 거예요. 그게 전부예요."

너무도 간단명료한 답변에 사회자의 의도와는 다르게 사람들은 더 겁을 먹었다. 써니의 태평한 태도는 사람들의 불안을 전혀 해소해 주지 못했다. 소망은 써니 옆에서 미소 지은 채 연신 고개를 끄덕이고 있었다. 사람들은 가슴이 답답해지는 것을 느꼈다.

19

방송국 앞은 인산인해를 이루고 있었다. 사람들은 두 부류로 나뉘어 구호를 외치고 있었다. 소망을 지지하는 쪽과 반대하는 쪽이었다. 소망이 모습을 드러내자 사람들의 목소리는 경쟁하듯 커졌다.

"파멸자를 구속하라! 우리의 미래를 보장하라!"

"파멸자를 보호하라! 그는 아직 죄가 없다!"

소망은 자신에게 이렇게 큰 관심이 쏟아지고 있다는 게 마냥 행복했다. 어느 쪽이든 사람들에게 감사의 인사라도 하고 싶은 심정이었다. 그는 마치 국가 대항전 응원이라도 벌어진 것처럼 생각했고, 양쪽 모두를 응원해 줄 수 없어서 난

감했다. 우주연을 비롯한 박맑은옥돌과 서혜민의 얼굴은 굳어져 있었다. 방송에서도 소망 때문에 모든 관심을 빼앗겼는데 밖에서까지 이런 상황이니 그럴 만도 했다. 그들은 부모의 보호 아래 빠르게 자리를 떴다. 물론 소망은 그들의 반응에 신경 쓸 겨를이 없었다. 지금 상황에 마냥 신이 났을 뿐이었다.

그러다 소망은 두 부류의 선봉에서 의외의 얼굴들을 발견했다. 태슬과 우식이었다. 우식은 소망을 옹호하는 쪽을 이끌고 있었고, 태슬은 반대파에 속해 있었다. 두 사람은 소망과의 친분을 앞세워 양쪽의 주장을 이끌었다.

"백소망은 극히 위험한 인물입니다! 저 인간에게 절대 자유를 줘선 안 됩니다. 당장 구속해야 합니다!"

태슬이 작은 체구에 어울리지 않는 우렁찬 목소리로 소리쳤다. 그러자 우식이 기다렸다는 듯이 맞받아쳤다.

"도대체 무슨 죄로 그를 구속시킨단 말입니까? 그는 평범하고 선량한 학생일 뿐입니다! 그는 '아직' 결백합니다!"

사실 테스트 당일 날, 우식과 태슬은 완전히 정신줄을 놓아 버릴 지경이었다. 처음에는 즐겁기만 했다. 소망이 파멸자로 지목되는 순간은 그 즐거움의 하이라이트와도 같았다.

그들은 그럼 그렇지 하는 마음으로 그 상황을 구경하고 있었다. 평생 약 올릴 만한 사건이 벌어진 것이다. 두 사람은 서로 어떻게 소망을 놀릴지에 대해 경쟁적으로 아이디어를 내놓고 있었다. 그런데 소망이 "멸망에 투자하세요!"를 외치며 모든 상황을 뒤집는 순간, 하늘이 와르르 무너졌다. 소망이 파멸자인 건 변함없는 사실이었다. 여전히 소망은 태슬과 우식이 알고 있는 금은똥의 똥이었다. 하지만 소망은 모두가 자신을 주목하게 만들었다. 본질은 그대로였는데 상황이 변한 것이다. 태슬과 우식은 소망에게 한 방 먹은 기분이 들었다. 혼란스러운 현장을 천천히 빠져나와 돌아오는 길에 두 사람은 한 마디도 입 밖으로 내지 않았다. 작별 인사도 없이 각자의 집으로 돌아갔다. 그리고 두 사람 모두 그날 밤 잠을 이루지 못했다. 처음 소망의 졸업시험 합격 문자를 보며 '뭔가 잘못된 것이 아닐까?' 기대했던 것처럼, 그들은 밤새 인터넷에 올라온 글을 읽으며 현실을 파악하려고 애썼다. 그리고 그 밤이 지나고 아침 해가 떠오를 때, 두 사람은 거의 동시에 결단을 내렸다. 먼저 행동에 나선 것은 태슬이었다.

"아무래도 소망이를 그대로 두면 안 될 것 같아."

우식은 태슬의 행동을 보고 나서 곧장 반대편에 서기로 결심했다.

그제야 두 사람은 마침내 안도했다. 비로소 해야 할 일을 찾아낸 것이다. 그들은 그 일에 자신의 모든 것을 걸었다. 소망은 이미 두 사람이 다다르지 못하는 곳으로 올라가 버렸다. 금은똥은 더 이상 없었다. 아무도 관심 두지 않는 자신들과 세상이 다 주목하는 파멸자가 있을 뿐이었다. 우식과 태슬은 이 상황을 마지막 기회로 생각했다. 그들은 이번 일이 평생에 한 번 올까 말까 하는 기회라는 걸 잘 알고 있었다. 우식은 소망과의 친분을 이용해 한자리 맡게 되리라 예상했다. 사실 찬성이든 반대든 상관은 없었다. 그저 태슬이 반대파에 서는 것을 보고 자기 방향을 정한 것뿐이다. 태슬과 우식 둘 다 소망의 그늘을 이용하려는 생각이었다. 그렇기 때문에 한쪽 편에 함께 있을 수는 없었다. 나중에 돌아올 보상이 그만큼 작아질 것이었기 때문이다. 그렇게 하루아침에 두 사람은 원수가 되었다.

"파멸자에 빌붙은 배신자!"
"질투에 눈먼 광신자!"
소망은 자신을 사이에 두고 어쩌다 친구들이 이렇게 됐는지 이해할 수가 없었다. 이 상황을 한심하게 바라보던 써니가 앞으로 나섰다. 그러자 사람들은 소리쳤다.

"조용히 해 봐! 예언자가 무슨 말을 하려고 한다!"

써니는 태슬과 우식 앞으로 가 그들을 손가락으로 가리키며 말했다.

"둘 다 파멸자랑 가까이 지내다가 벼락 맞아서 죽을상이다."

태슬과 우식의 얼굴이 창백해졌다. 써니는 거기 모인 사람들에게 큰 소리로 말했다.

"파멸자와 연관되면 그 사람도 파멸할 겁니다! 파멸자를 해치려는 사람은 본인이 먼저 제거될 거고요! 파멸자 건드리다 인생 망치지 말고, 지금이라도 멀리하는 게 신상에 좋을 거예요!"

태슬과 우식을 비롯한 수많은 인파는 써니의 한마디에 혼비백산하며 사방으로 흩어져 도망쳤다. 응원전이 계속되길 바라던 소망은 아쉬운 표정을 감추지 못했다. 그는 써니에게 물었다.

"진짜야? 방금 그 말? 정말 나랑 가까이하면 파멸해?"

써니는 만족스러운 미소를 지으며 대답했다.

"모든 경우의 수를 다 알 수는 없어. 결국 내가 예언할 수 있는 건 단 하나의 경우의 수뿐이야. 다른 경우의 수는 확신할 수 없어."

"무슨 소리야 그게? 진짜라는 거야, 아니라는 거야?"

"너 때문에 저 사람들이 죽을 수도 있겠지. 안 죽을 확률이 훨씬 높겠지만."

소망이 놀란 표정으로 물었다.

"뭐? 그럼, 너…… 거짓말한 거야? 도대체 왜?"

써니는 도망치는 태슬과 우식을 가리키며 말했다.

"귀찮잖아. 쟤들에 대해서 내가 분명히 말할 수 있는 건, 너한테 하등 도움이 안 된다는 거야. 그런 건 예언자가 아니어도 알 수 있는 거 아니야?"

소망은 말문이 막혀 버렸다. 그가 어이없어하는 사이에 써니는 화제를 바꿔 말했다.

"그래서, 생각해 봤어? 같이 미래를 멸망시키자는 말. 내가 도와주면 넌 수월하게 할 수 있을 거야."

"내가 도대체 왜 그래야 하는데?"

"그게 네 미래니까. 거부해 봤자 시간 낭비고."

소망은 써니의 멸망 이야기가 점점 지겨워졌다. 거절에 익숙하지 않은 그였지만, 이번 문제만은 확실히 해 둬야겠다고 생각했다.

"저기, 있잖아. 아무래도 네 예언이 틀린 것 같아. 난 멸망 따위에는 관심이 없어! 그저 투자만 받으면 그만이라고. 정말이야. 난 파멸자 같은 악당이 아니라니까? 투자를 받으려고 그런 척할 뿐이지."

써니는 소망의 말을 제대로 듣고 있지 않았다. 써니는 아까부터 들고 있던 비닐봉지 속에서 스티로폼 용기를 꺼냈다. 그리고 용기를 열어 만두 하나를 꺼내 입안 가득 넣고 우물거렸다. 입안의 만두를 모두 삼키고 나서 써니는 소망을 똑바로 바라보고 말했다.

"내가 예언 하나 더 해 줄까? 넌 스스로 악당이 되기로 결심하게 될 거야."

소망은 너무 어이가 없어 헛웃음을 터뜨렸다. 무슨 말로 그녀를 설득해야 하나 곰곰이 생각하는 와중에 써니가 말을 이었다.

"아직 시간은 있어. 넌 반드시 설득되고 말 거야. 두고 봐."

이번에는 써니가 몸을 돌이켜 가려다가 소망에게 만두 하나를 집어 내밀었다. 소망이 반응이 없자 써니는 내밀었던 만두를 자기 입안으로 밀어 넣었다. 그 모습을 물끄러미 보던 소망이 말했다.

"그렇게 들고 다니면서 만두를 먹는 사람은 처음 봐."

"누가 줬어. 내 팬이래."

입안 가득 찬 만두 때문에 써니의 말은 유달리 퉁명스럽게 들렸다. 대충 만두를 씹어 삼키고 써니가 말했다.

"인생은 포장된 만두와도 같아. 겉으로 보면 다 괜찮지만, 어떤 만두끼리 들러붙어 있는지 알 수가 없지."

써니는 손가락으로 자신과 소망을 번갈아 가리켰다.

"우리 둘이 옆구리가 붙어 있을지 누가 알았겠어."

써니는 소망에게 작별 인사를 건네고는 투자청에서 제공한 자율주행 차에 올랐다. 유유히 사라지는 자동차를 보며 소망은 그녀의 말이 무슨 뜻인지 생각했다. 만두가 뭐 어땠다고? 소망의 긍정 회로도 써니 앞에서는 무용지물이었다.

11

"백소망! 네가 지금 자고 있을 때가 아니야!"

우식의 전화였다. 소망은 잠결에 받은 전화여서 아직 눈도 제대로 못 뜨고 있었다. 방송 출연 이후 지난 10일 동안 소망의 유명세는 하늘을 찔렀다. 소망은 그 유명세를 이용해 캠페인을 벌여야 한다고 생각했다. 그럴듯한 캠페인을 진행할 돈이 없는 건 오히려 문제가 되지 않았다. 써니의 예언 때문에 사람들이 소망을 피하는 게 더 큰 난관이었다.

"파멸자 건드리다 인생 망치지 말고, 지금이라도 멀리하는 게 신상에 좋을 거예요!"

그나마 다행인 것은 직업 정신을 발휘한 소수의 기자가 목숨을 걸고 소망을 취재했다는 것이다. 신문, 잡지와 인터넷 매체 등등 소망은 홍보를 위해 어떤 인터뷰도 거절하지 않았다. 덕분에 몇몇 기자와는 친분도 생겼다. 인터뷰와 후속 기사들 덕분에 소망에 대한 화제와 논쟁은 끊이지 않았다.

「파멸자가 가장 좋아하는 아이돌 가수는?」
「대폭등 고등학교, 파멸자에게 졸업식 불참을 부탁 "미안합니다."」
「서울시 은평구에 파멸자 최초 출몰!」
「파멸자가 말하는 환경 파괴 이슈 "환경오염은 저도 싫어요."」
「"일찍 자고 일찍 일어난다." 파멸자의 생활 패턴 전격 해부」

이제 투자는 일주일도 남지 않았다. 사람들의 불안감은 줄어들 줄 몰랐다. 점점 더 많은 사람이 멸망을 막기 위해 투자해야 한다고 생각했다. 이대로만 가면 압도적인 투자 1등도 문제없었다. 그만큼 소망은 신이 나서 더 많은 스케줄을 잡았다. 자정이 훌쩍 넘어서 집으로 돌아오면 기절하듯 잠드는 게 일과가 되어 버렸다. 그런 와중에 우식의 전화를 받았으니, 소망은 그저 다시 잠들고 싶은 마음뿐이었다.

"당장 인터넷 봐 봐. 네 얘기로 쫙 깔렸으니까!"

컴퓨터를 통해 내용을 확인한 소망은 눈이 번쩍 뜨였다.

투자 대상 학생들인 우주연, 서혜민, 박맑은옥돌 세 사람이 소망의 미래에 의문을 제기하고 나선 것이다. 그들은 투자 대상자들이라면 의무적으로 공개하는 생활기록부를 근거로 삼았다. 소망의 생활기록부에는 특기할 만한 게 전혀 없었다. 그리고 바로 그게 문제였다. 그들은 '소망이 파멸자가 아닐 수도 있다'는 주장을 펼쳤다. 그의 과거가 지나치게 무난하다는 것이 그 이유였다. 사람들이 파멸자를 두고 상상할 만한 성장 과정의 문제점이 하나도 없었던 것이다. 소망은 살아오면서 파멸자가 될 그 어떤 기미도 보인 적이 없었다. 그리고 그게 문제가 되는 날이 올 줄은 꿈에도 몰랐다. 그렇다고 이제 와서 성장 과정을 지어낼 수도 없었다. 소망이 잠든 사이에 수십 통의 부재중 전화가 와 있었다. 하나같이 모르는 번호였다. 갑자기 소망은 겁이 났다.

'아니야, 아직 괜찮아. 긍정 스위치가 내려갈 정도는 아니야.'

특히 세 명의 경쟁자 중 우주연이 그런 의혹을 주도하며 여론을 만들어 내고 있었다. 그녀는 심지어 자신이 파멸자를 제압해 미래를 구하겠다고 주장하며 해결사를 자청했다. 사람들은 그녀에게 열광했다. 소망은 그녀가 자신을 이용해 인지도를 높이고 있음을 깨달았다. 소망에 대한 사람들의 공포가 너무 크다 보니 그걸 역이용하는 것도 가능했던 것이다. 주연은 막판 뒤집기를 시도하고 있었다.

문제 제기는 꼬리에 꼬리를 물고 이어졌고, 의문은 계속 커지고 있었다. 소망에 대한 증언이 쏟아져 나왔다. 소망의 친구들, 담임이었던 선생님들, 어린 시절 같은 동네에 살던 이름 모를 지인들의 지인들까지. 이러다간 전 국민이 소망을 안다고 주장할 기세였다. 실제로 소망을 아는 사람이라면 의문을 품는 건 당연했다. 소망은 지극히 평범한, 그저 착하고 밝은 아이였기 때문이다. 그를 멸망과 연결 지을 만한 어떤 단서도 없었다. 사람들은 그런 증언을 좋아했다. 그들은 파멸자가 주는 공포를 감당하지 못했고, 아예 처음부터 그 공포가 없던 것처럼 부인하려 했다. 덕분에 우주연의 주장은 힘을 얻고 있었다.

이대로 지켜볼 수만은 없었다. 소망은 잠들어 있는 동안 전화를 걸어 온 기자들에게 연락을 취했다. 그리고 공개 반론을 제기하기로 했다. 기자들은 쌍수를 들고 환영했다. 약속 장소와 시간이 일사천리로 정해졌다. 기자들은 번개처럼 소망의 집 앞에 모였다. 금세 좁은 빌라 주차장이 사람들로 가득 찼다. 낡은 빌라 단지의 주민들은 이게 무슨 일인가 싶어 집 밖으로 나와 어리둥절한 표정을 짓고 있었다. 소망은 엄마가 일찍 출근한 걸 다행으로 여겼다. 그는 기자들이 건넨 마이크 뭉치를 건네받았다. 각 방송사와 언론사의 무선 마이크를 하나로 묶은 덩어리였다. 그것은 꽤나 무거웠지만 소망은 당당함을 잃지 않기 위해 내색하지 않았다.

"제 별명이 뭔지 아십니까? 제 별명은 '소망 아니고 그냥 망'입니다! 멸망할 때의 망이라고요! 저를 우습게 보시면 안 됩니다. 절대로 방심해선 안 된다고요! 어떤 가능성이라도 소홀히 해선 안 됩니다. 그런 소홀함 때문에 사건은 터지고, 세상은 망하는 것입니다. 육이오 전쟁이 왜 터졌는지 아십니까? 방심해서 터졌어요! 누구는 태어나면서부터 이마에 악당이라고 써 붙이고 나오나요? 히틀러도 한때 얌전한 화가 지망생이었을 뿐입니다! 겉모습만 보고 판단해서는 안 된다고요!"

'소망 아니고 그냥 망'이라는 별명은 우식과 태슬에게만 불렸던 별명이었다. 많은 아이들이 불러 준 별명은 아니었지만, 중요한 건 그런 별명이 있었다는 사실이었다. 그만큼 소망은 조급했다. 반대편에서는 유치원 시절 친구까지 나서는 마당에 이것저것 따질 때가 아니었다.

그렇게 열변을 토하고 있는데 어디선가 나타난 반대파 무리가 소망의 연설을 방해했다. 그들의 손에 들린 피켓에는 "국민을 속이는 파렴치한! 파멸자라 불릴 자격도 없다!" 따위의 문구가 적혀 있었다. 그들이 구호를 외치며 등장하자 사람들이 한순간에 주목했다.

"파멸자는 얼어 죽을! 사기꾼에 투자 없다!"

그 선두에는 역시나 태슬이 있었다. 그녀는 보란 듯이 소망의 옆에서 연설을 시작했다. 태슬의 손가락이 소망을 가리켰다.

"저는 고등학교 3년 내내 저 아이를 봐 왔습니다! 제가 알기로 저 아이는 길거리에 휴지 조각 하나 버린 적 없는 소심한 아이입니다! 파멸자 같은 대단한 인물이 절대 아닙니다! 그런 큰일을 벌일 능력 자체가 없습니다! 국민 여러분, 절대 속으시면 안 됩니다!"

소망은 화가 났다. 일단 태슬과는 고등학교 3학년 때 처음 알게 된 사이였다. 3년 내내 봐 왔다니 말이 안 됐다. 게다가 휴지 조각 하나 버린 적 없는 소심한 아이라니? 딱히 길거리에 휴지를 버린 적이 있었는지 기억나지는 않았지만, 소망은 스스로 소심하다고 생각한 적이 없었다. 하지만 태슬의 말만 들으면 소망은 그저 연약하고 무기력한 사람일 뿐이었다. 소망은 자신을 그런 식으로 묘사하는 것에 화가 났다. 소망은 지지 않으려고 태슬보다 더 큰 소리로 마이크에 대고 소리쳤다.

"제가 반드시 진정한 악당이 되겠습니다! 우선 경쟁자들을 몰락시키고 말겠습니다! 수단과 방법을 가리지 않고요. 물론, 어떤 범법 행위를 저질러서라도 말입니다! 여기서 말하는 범법 행위란, 길거리에 휴지를 버리는 일과는 비교도 안 될 겁니다! 자신 있습니다! 믿어 주십시오!"

소망은 자신이 말하면서도 뭔가 일이 이상하게 돌아가고 있다는 생각이 들었다. 그리고 멀리서 그런 소망을 보며 조용히 웃고 있는 한 사람과 눈이 마주쳤다. 써니였다. 갑자기 소망은 수치심을 느꼈다. 써니의 예언이 떠오른 것이다.

"넌 스스로 악당이 되기로 결심하게 될 거야."

그 예언이 방금 이뤄진 것이다. 기자들의 질문 공세를 물리치고 소망은 황급히 기자회견 자리를 떴다.

12

인적 드문 골목에 이르러 겨우 기자들을 따돌린 소망 앞에 써니가 나타났다. 소망은 당혹감을 감추며 말했다.

"난 투자금을 받으려고 그러는 것뿐이야! 실제는 다르다고."

"누가 뭐래? 난 아무 말 안 했다?"

"근데 왜 날 따라오는 거야?"

"내가? 내가 먼저 이쪽으로 걷고 있었는데?"

써니의 말이 사실임을 깨달은 소망은 성큼성큼 써니를 앞질러 걷기 시작했다. 그러다 몇 미터 가기도 전에 걸음을 멈췄다. 써니도 그걸 보고 거리를 유지한 채 걸음을 멈췄다. 소망은 몸을 돌려 써니에게 말했다.

"난 운명을 믿지 않아! 사람에겐 자유의지가 있다고."

써니는 어쩌라는 거냐는 듯 어깨를 한 번 으쓱거렸다.

"만약 운명을 믿게 된다면, 그럼 난 아무런 희망도 남지 않아. 왜냐면 나는 흙수저인 데다 특별한 재능이 없는 사람이거든."

소망의 말은 마치 써니가 아니라 스스로에게 다짐하는 말처럼 들렸다. 그는 자신의 긍정 스위치가 내려갈까 봐 두려워하고 있었다.

"그래서 네가 예언자라는 사실도, 네 예언도 믿지 않아. 그럴 수가 없어. 그걸 믿는 순간 운명을 받아들여야 하니까. 난 운명을 받아들일 수 없어. 난 내 미래를 다 바꿀 거야."

써니는 눈을 지그시 감고 단호하게 고개를 가로저었다.

"그게 아니지. 넌 지금 운명이 뭔지도 모르고 있어."

소망은 이게 무슨 말인가 싶어 가만히 써니의 말을 들었다.

"네가 믿는 운명이라는 건 모든 것이 결정되어 있다는 거잖아. 신이 그랬든 누가 그랬든, 어쨌든 결정돼 있다는 거지. 그렇지?"

소망은 고개를 끄덕였다.

"네가 처한 상황은 사실 운명하고는 달라. 그걸 뭐라고 해야 할까……. 적당한 말이 안 떠오르는데……. 암튼, 결론부터 말하면 미래나 운명은 상관없다는 거야."

"상관이 없다니? 하지만 넌 예언자잖아."

"맞아. 난 예언자고, 내가 말하는 미래는 분명히 그렇게 이뤄질 거야. 하지만 너의 운명을 결정짓고 있는 게 지금 나라고 생각해?"

소망은 뭐라고 대답해야 할지 알 수 없었다.

"네 운명을 결정짓고 있는 게 누군지 말해 줄까? 그건 네 주변 사람들이야. 그 사람들은 너한테 이러쿵저러쿵 말하겠지. 넌 흙수저다. 넌 뭘 해도 안 될 거다. 일찌감치 포기해라. 어쨌건 그건 내 예언과는 전혀 다른 거지. 나도 자유의지를 믿어. 하지만 자유의지로 뭘 선택할지가 뻔히 보이는데 어쩌겠어. 난 그저 사람들이 뭘 선택할지 말했을 뿐이라고. 근데 마치 내가 미래를 조종이라도 하는 것처럼 굴잖아, 다들. 어이가 없지."

써니는 작게 한숨을 쉬고 말을 이어 나갔다.

"예언은 그냥, 사람들이 각자의 자유의지로 뭘 선택할지 알고 있다는 말에 불과해. 그런데 너를 둘러싼 상황을 봐. 너희 집안 형편이 그리 넉넉하지 않고, 네가 재능이 모자란 아이라서 절대 성공할 수 없다는 생각은 도대체 어디서 온 거지? 바로 네 주변 사람들 아니야? 그러면 네 미래는 그 사람들의 말 한마디에 결정되는 게 아닐까? 그 사람들이 너한텐 운명을 결정하는 신(神)인 거야? 그래? 그런 걸 운명이라고 볼 수 있을까? 그 말들에 그저 휘둘리는 게 아니고? 그런 네가 자유의지가 있다고 볼 수 있어?"

써니는 잠시 기다렸다. 소망은 대답할 수 없었다. 너무 많은 말이 소망의 머릿속으로 쏟아져 들어왔다. 써니는 소망이 지나치게 주변 사람들의 의견에 좌우된다고 말하고 있었다. 소망은 자신이 그러고 있다는 생각조차 해 본 적이 없었다. 소망은 생각했다. 왜 나는 그게 운명이라고 생각했을까. 운명을 아는 사람은 아무도 없는데. 아니, 예언자 말고는 아무도 모르는데 말이다. 그렇다면 여태껏 운명이라고 생각했던 것은 무엇일까.

"그건 그러니까 그냥…… 그렇지, 세뇌 같은 거야."

써니는 자신이 '세뇌'라는 단어를 찾아낸 것이 기뻤다. 아주 적절한 단어였기 때문이다. 그녀는 말을 이었다.

"널 제외한 모두가 그렇다고 말하면, 진짜로 그렇게 되는 거야. 네 의견은 중요하지 않아. 예를 들어서, 내가 네 미래를 만들어 낸 걸 봐. 넌 내 말 한마디에 파멸자가 됐잖아. 사실, 네가 말하는 자유의지는 그런 사회적 압력 앞에서 힘을 못 써. 하지만 넌 끝까지 그걸 거부하려고 노력하더라. 그럴 수 있다는 게 참 신기했어. 그런 사람은 진짜 드물거든."

소망은 써니의 말을 쉽게 인정할 수가 없었다.

"그렇다고 해도…… 내가 가진 조건들이 더 나아지는 건 아니야."

"그렇게 부정적으로 보는 것도 네 자유지. 생각보다 굉장히 부정적인 애구나, 너?"

써니의 말에 소망은 긍정 스위치가 어느새 내려갔다는 사실을 깨달았다. 항상 조심한다고 했는데도 자꾸 그렇게 됐다. 그럴수록 소망은 더 열심히 긍정 스위치에 매달렸다.

"그래서 예언이란 것은 사실 너무 쉬워. 모두가 그렇다는 여론만 따라가면 되니까 말이야. 다시 말해, 운명은 다수결이다, 그 말이야. 그 운명이 실제로 맞을지 아닐지는 알 수 없지만 말이야. 진짜 예언은 그런 게 아니야."

소망은 다시 긍정 스위치를 켰다. 자꾸 이런 현실적인 이야기를 하다 보면 기분이 나빠졌다. 그래서 소망은 생각을 많이 하지 않으려고 애썼다. 그는 생각을 털어 버리듯 머리를 좌우로 흔들고는 써니에게 말했다.

"어쨌거나 난 그런 건 믿지 않아! 나한테 그런 말 해 봤자 시간 낭비라고!"

소망이 몸을 돌이켜 자리를 뜨려는데 써니의 말이 그를 붙잡았다.

"그럼 이렇게 하자. 내가 증명해 보일 기회를 줘. 내 예언이 진짜라는 걸 증명해 보일게. 한번 해 보자."

"어차피 안 통할 거야. 어떤 결과가 나와도 난 믿지 못할 것 같아."

"그걸 어떻게 알아?"

"내 생각은 내가 아니까."

"정말? 진짜 그렇게 생각해? 그럼, 나는 왜 이 증명을 시도하려고 할까? 네가 결국 안 믿을 거라는 걸 뻔히 알 텐데."

"……그러게?"

써니가 씨익 하고 웃었다.

"그럼, 이제 네가 증명해 봐."

"뭘?"

"내 예언이 틀렸다는 증명 말이야."

"내가 왜?"

"네가 증명해 내면, 다시는 널 안 괴롭힐게. 어때?"

소망은 잠시 생각했다. 손해 볼 건 없어 보였다.

"……어떻게 하면 되는데?"

삼십 분 후 써니와 소망이 도착한 곳은 근방에서 가장 유명한 빵집이었다. 소망은 가쁜 숨을 몰아쉬며 투덜댔다.

"삼십 분이나 걸릴 줄 알았으면 자율차를 타고 오는 건데."

"우리를 위해 그 차를 줬다고 생각하면 안 돼."

써니의 타이르는 말에 소망이 되물었다.

"그럼? 누구를 위해 준 건데?"

"투자청을 위해 준 거지. 그 차를 통해 우리 위치를 파악하고 몰래 미행하려고 말이야. 그러니까 웬만하면 사용하지마."

써니는 사생활 침해로 문제가 된 이후로는 투자청이 대놓고 감시하는 일은 없어졌다고 덧붙였다. 단지, 그 이후로 감시는 더 은밀해졌고, 자율주행 차는 최소한의 소재 파악을 위해 고안해 낸 방편이었다. 써니는 투자청 직원들이 지금도 가까운 어딘가에서 감시 중일 수 있다고 경고했다. 소망이 주변을 둘러봤지만 빵을 사러 온 사람들밖에 보이지 않았다.

빵집은 평일 낮인데도 손님이 많았다. 빵을 고르는 데 집중하느라 써니와 소망을 알아보는 사람은 거의 없었다. 가게 안으로 들어서며 소망이 써니에게 물었다.

"왜 하필 여기야?"

"난 예언하려면 일단 먹어야 해. 어차피 다 아는 맛이긴 하지만, 당이 떨어지면 예언을 못 하거든."

"그래서 맨날 단걸 먹는구나?"

"그렇지. 대신 단맛에 익숙해져서 갈수록 더 단 음식을 찾아야 한다는 게 문제야."

써니는 빵 진열대를 향해 두 팔을 펼쳤다. 노릇노릇하고 반질반질한 표면의 빵들이 줄을 맞춰 진열돼 있었다.

"자, 골라 봐. 내가 예상하지 못할 걸 골라 보라고. 내가 보면 안 되니까 나는 나가 있을게. 대신 네가 고를 빵 이름을 여기 미리 적어 놨어. 뭘 집을지 난 알고 있거든."

써니는 여러 번 접힌 작은 종이쪽지를 소망에게 보여 줬다. 그리고 그 쪽지를 쌓여 있는 쟁반 맨 아래 칸에 보란 듯이 끼워 넣었다.

"신중하게 골라. 난 다 알고 있으니까. 알았지?"

써니가 의미심장한 미소를 지으며 밖으로 나가자 소망은 고민에 빠졌다. 뭘 고를까? 케이크? 식빵? 소금빵? 앙버터? 소망은 정신 나간 사람처럼 진열대 사이를 오갔다. 슬쩍 가게 밖을 보니 써니가 느긋하게 짝다리를 짚고 햇볕을 쬐고 있었다. 이대로 예언자에게 당할 수는 없었다. 내 자유의지를 증명해 보이겠어! 소망은 필요 이상으로 의욕에 불타올랐다. 그러다 그의 눈에 음료수 냉장고가 들어왔다. 그 순간 소망은 머릿속에 번쩍하고 불이 켜졌다. 소망은 음료수 냉장고 안에서도 가장 인기 없는 생수를 한 병 꺼내 들었다.

'이거라면 절대 예상하지 못할걸?'

하지만 그러면서도 소망은 못내 불안했다. 상대는 일종의 초능력자 아닌가? 소망은 이 정도 편법은 써 줘야 게임이 공평해진다고 생각했다. 소망은 계속 빵을 고르는 척하며 쟁반이 쌓인 곳으로 다가갔다. 가게 밖의 써니는 아까와 같은 자세로 햇볕을 쬐고 있었다. 쟁반 밑에서 쪽지를 꺼내 슬쩍 열어 보니, 커다란 글씨로 '크림빵'이라고 적혀 있었다. 소망은 속으로 환호성을 외쳤다. 내가 이겼다! 긍정의 승리다! 인간의 승리다! 소망은 애써 표정 관리를 하며 계산대로 향했다.

"축하합니다! 당첨되셨어요."

그런데 계산해 주던 점원이 이벤트에 당첨됐다면서 사은품으로 크림빵을 끼워 주는 것이 아닌가! 깜짝 놀란 소망은 고개를 돌려 가게 밖을 보았다. 써니는 소망의 눈을 마주 보았다. 그녀는 음흉한 미소를 짓고 있었다.

13

빵집을 나서는 소망의 손에는 생수 한 병과 크림빵 하나
가 들려 있었다.

"이건 인정 못 해. 여기서 사은품 이벤트 하는 걸 네가 알
고 있었을 수도 있잖아. 그리고 내가 선택한 건 분명 크림빵
이 아니라 생수였어!"

"그럼 너는 빵 고르라니까 왜 생수를 고른 거야? 그게 더
문제 같은데?"

"그거야 뭐…… 근데, 먹기도 전에 어떻게 예언했어? 뭔가
먹어야 예언이 떠오른다며."

"뻥이야. 반대로 말했어. 그냥 크림빵이 먹고 싶어서. 사실

단걸 먹어야 예언이 잠시라도 멈춰. 단걸 안 먹으면 자꾸 머릿속에 예언이 떠올라서 괴로워. 얼마나 지긋지긋한지 넌 모를 거야."

소망은 그러고 보니 계산도 자신이 했다는 걸 깨달았다.

"예언자란 건 정말 무서운 거구나."

"크림빵 하나에 뭘 무섭기까지."

써니는 두세 입 만에 크림빵을 해치우고 소망이 들고 있던 생수병을 빼앗아 물을 한 모금 마셨다.

"아, 이제 좀 살 것 같네. 그렇다고 내가 모든 걸 다 미리 알 수는 없어. 처음에는 무수히 많은 경우의 수가 떠오르고, 시간이 지날수록 그 수가 줄어들어. 미래는 점점 하나의 결론을 향해 나아가고 있는 거야. 그리고 그 하나의 미래는 아무도 못 바꿔. 현실이 되는 거지. 어때, 내가 얼마나 골치 아플지 좀 알겠지?"

써니는 잠시 말을 멈추더니 진지한 말투로 말을 이었다.

"그런데 말이야……. 이제 와서 드는 생각인데, 내가 처음에 너한테 미래를 예언했던 게, 실은 네 운명을 바꾼 건지도 모르겠다는 생각이 자꾸 들어."

"뭐? 아까는 안 바꿨다며."

"그때는 워낙에 갑자기 마주쳐서 너한테 쓸데없는 말을

한 것 같아. 그때 심지어 생크림 케이크를 먹고 있었잖아."

"예언이 멈춘 상태였다는 말이지?"

써니는 고개를 끄덕였다.

"그런 일은 일어나선 안 되지만, 네가 투자를 받기라도 한다면 큰일이거든. 넌 파멸자야. 그게 정해진 하나의 미래라고. 투자를 받아 버리면 그 미래는 사라져. 멸망이 사라진다고."

소망은 눈살을 찌푸렸다.

"왜 그렇게까지 멸망에 집착해?"

"간단하게 말하자면, 그것 말고는 희망이 없기 때문이야. 세상은 완전히 망가졌어. 리셋이 필요하다고."

"멸망만이 유일한 희망이라고? 말이 되나?"

"지금은 더 설명해 줘도 이해하지 못할 거야. 나도 하나 물어봐도 돼?"

"뭔데?"

"넌 왜 그렇게 긍정적인 마음에 집착하는 거야?"

소망은 잠시 망설이다가 대답했다.

"우리 집에 부정적인 사람이 한 명 있거든. 근데 그 사람이 사는 게 너무 힘들어 보여서. 나는 다른 쪽으로 가 보기로 한 거야. 혹시라도 반대쪽으로 가면 해결책이 나오지 않을까 싶어서."

써니는 막연하게 가족 문제라고만 이해하고 더는 묻지 않았다. 소망에게는 중요한 문제였다. 정안은 언제나 부정적으로 세상을 봤다. 일이 너무 힘들어서 부정적으로 바뀐 건지 부정적이어서 힘들어진 건지 알 수 없을 지경이었다. 소망에겐 그 두 경우 모두 매한가지로 보였다. 그래서 소망은 엄마 닮기를 거부한 것이다. 하지만 소망은 알고 있었다. 자신이 엄마를 많이 닮았다는 것을 말이다. 그래서 운명을 이기겠다고 애쓰고 있는 것이다. 소망은 그런 말들까지 써니에게 전해야 할지 확신이 서지 않았다. 그런데 그때, 써니가 소망의 옷깃을 끌어당겨 발걸음을 재촉했다.

"왜 그래?"

"젠장. 미행당하는 줄 몰랐네. 크림빵 먹느라 정신이 없었어. 일단 도망치자."

"누가? 누군데 우릴 미행해?"

"누군 누구겠어. 투자청 요원들이지."

써니는 벌써 투자청의 관리 대상에 들어간 상태였다. 아무리 소망이 화제의 중심에 있다고 해도, 정부에게 더 중요한 건 예언자였다. 미래를 알고 있는 유일한 사람이었기 때문이다. 써니는 소망을 이끌고 횡단보도를 건너는 척하다가 인파 속으로 숨어들어 막 도착한 버스로 뛰어들었다. 버스가 출발하고 나서야 써니는 낮췄던 몸을 일으켰다.

"휴, 겨우 따돌렸네."

"그냥 내버려둬도 상관없지 않을까? 미행한다고 우리가 나쁜 짓을 하는 것도 아닌데."

"너야 그렇겠지. 난 조만간 끌려가게 될 거야. 이건 추측이 아니라 예언."

"어디로? 어디로 끌려가는데?"

놀란 소망의 물음에 써니는 장난스럽게 웃어 보였다.

"오, 이제 내 예언을 믿어?"

당황한 소망은 온몸으로 써니의 말을 부정했다.

"아아아니!"

써니는 잠시 생각하더니 말했다.

"좋아. 한 번 더 해 보자. 이번에 내려."

두 사람이 내린 곳은 기차역 앞의 광장이었다. 기차역뿐 아니라 여섯 개의 지하철 노선, 버스환승센터까지 모두 모여 있는 혼잡한 곳이었다. 때마침 퇴근 시간이었기에 북적거리는 인파가 쉴 새 없이 오가고 있었다. 그 한가운데 선 써니가 말했다.

"자, 이쯤에서 다시 테스트해 보자. 나는 여기서 눈 가리고 삼십…… 아니, 오십까지 세고 있을게. 네가 가고 싶은 데로 가. 대신에 내가 알 수 없는 곳으로 가야 해. 명심해. 난 네가 어디로 갈지 이미 알고 있어. 자신 있어?"

소망은 힘차게 고개를 끄덕였다. 이번에야말로 이길 수 있다는 확신이 들었다. 써니는 곧 눈을 가리고 숫자를 세기 시작했다.

"하나, 둘, 셋, 넷……."

소망은 마음이 급해져 우왕좌왕하다가 곧 버스환승센터를 향해 힘차게 뛰기 시작했다. 그러다 돌연 반대쪽으로 방향을 돌려 기차역을 향해 내달렸다. 하지만 기차역 앞에서 지하철역으로 향하는 승강기를 발견하고 마음을 바꿔 먹었다. 그야말로 즉흥적인 결정의 연속이었다. 승강기는 지하로 내려갔지만, 소망은 승강기 버튼을 보다가 지하철역 위에 백화점이 있다는 사실을 깨달았다. 됐다! 등잔 밑은 언제나 어두운 법 아니던가. 소망은 지하로 내려온 승강기를 타고 다시 지상으로 향했다. 백화점 4층 여성복 매장은 야외정원과 연결돼 있었다. 그곳에서 광장의 써니가 어떻게 하는지 내려다볼 생각이었다. 생각만 해도 즐거워진 소망은 신나는 걸음으로 백화점에 들어섰다. 그리고 매장들을 가로질러 야외정

원으로 달려가는데, 매장에서 옷을 고르고 있는 써니와 마주
쳤다. 소망은 하마터면 뒤로 넘어질 뻔했다.

"왔어? 가자, 되게 비싸네."

가격표를 확인한 써니가 말했다.

소망은 홀린 듯이 써니에게 이끌려 야외정원으로 나왔다.

"이건 말도 안 돼. 절대 인정 못 해. 여긴 우리 동네야. 내
가 굳이 멀리 갈 이유가 없잖아. 고로 예상하기가 너무 쉽다
는 거야. 이건 너도 인정해야 해. 맞지?"

소망의 반박에도 써니는 별로 동요하지 않았다. 그녀는 이
미 흥미를 잃은 얼굴이었다.

"이러다간 끝이 안 나겠다. 그만하자."

"한 번 더 해! 그만하자고 하는 걸 보니 뭔가 숨기고 있는
게 분명해. 이번에는 내가 유리한 거지? 절대 안 당할 거야.
두고 보라고!"

써니는 깊은 한숨을 내쉬더니 잠시 후에 입을 열었다.

"넌 내가 이걸 재미로 하는 줄 알지? 예언자로 산다는 게
얼마나 끔찍한 일인지 알아? 미래를 다 알고 산다는 게 얼마
나 지루한 일인지 아냐고. 난 예언자로 살고 싶지 않아. 점쟁
이 노릇은 더더욱 하고 싶지 않고."

써니는 광장을 내려다보며 말을 이었다. 광장에는 검은 양복을 입은 한 무리의 남자들이 갈피를 못 잡고 우왕좌왕하고 있었다.

"나는 나중에 외국에 나가서 살 거야. 지금은 못 그러더라도 언젠가 꼭 그렇게 할 거야. 낯선 곳에 가면 얼마 동안은 예언이 멈추거든. 그곳을 전혀 모르기 때문이겠지. 그러다 시간이 지나면 다시 그곳에 대한 예언이 떠오르게 돼. 조금씩 그곳에 대해 알게 돼서 그런 것 같아. 그래서 한곳에 머물지 않고 계속해서 세상을 떠돌며 살고 싶어. 난 항상 설레는 마음을 잃지 않을 거야. 내가 왜 그걸 포기해야 해?"

소망은 한 번도 생각해 보지 못한 일들이었다. 그는 가만히 써니의 말에 귀를 기울였다.

"미래를 모른다는 건 정말 근사한 일이야. 모퉁이를 돌면 뭐가 나올지 전혀 알 수 없는 삶이란 건, 누구를 만나 어떤 관계를 맺게 될지, 어떤 음식을 먹게 될지, 전혀 예측할 수 없다는 건 정말 멋진 일이야. 난 그런 두근거림을 잃어버린 지 너무 오래됐어."

써니는 소망을 똑바로 보며 말했다.

"네가 세상을 멸망시켜야 해. 그래야 내가 끔찍한 삶을 피할 수 있어. 그 과정을 설명하려면 너무 길고 복잡하지만, 이

거 하난 분명히 말해 줄 수 있어. 멸망 정도가 아니면 세상은 나를 놔주지 않을 거야. 그래서 네 도움이 필요해. 너만이 그걸 할 수 있어. 이쯤 되면 내 말을 믿어 줄 때도 됐잖아? 왜 그렇게 사람 말을 못 믿어?"

진지한 써니의 말에 당황한 소망은 말문이 막혔다. 급한 대로 무슨 말이든 해야 하는 순간이었다. 소망은 즉흥적으로 반론을 제기했다.

"미래로부터 도망치기만 하는 삶이 멋지다고? 난 동의할 수 없어. 평생을 도망치며 살 수는 없어. 어떻게든 그 문제를 대면하고 해결해야지! 도망갈 필요가 없는 삶이 가장 좋은 삶이라고!"

"너는 그렇게 말할 수 있겠지. 하지만 나는 미래를 모두 알고 있다고. 이미 실패할 일을 내가 자처해서 할 필요가 있을 까? 예언자가 보기에 그것만큼 바보 같은 짓은 없어."

"실패가 어때서! 실패하지 않는 사람은 세상에 아무도 없 어! 실패하지 않고는 아무것도 배울 수 없고!"

소망은 급하게 만들어 낸 논리치고는 나쁘지 않았다고 생각했다. 그리고 써니의 표정을 보니 소망의 예상보다 더 효과가 있는 것 같았다. 써니는 가만히 소망의 말을 곱씹었다. 그리고 더 이상 반박하지 못했다. 그녀는 미래와 직접 맞서

싸울 생각은 해 본 적이 없었기 때문이다. 그저 파멸자에게 기대어 미래를 멸망시키고, 자신은 외국으로 도망칠 생각뿐이었다. 다른 해결책이 있다고는 생각하지 못했다. 이미 미래에 대해 모든 걸 알고 있다고 여긴 탓이었다. 써니에게 소망의 말은 전혀 다른 대응이 가능하다는 것을 깨우쳐 줬다. 그것은 과연 운명을 거부하는 사람다운 태도였다. 갑자기 부끄러움을 느낀 써니는 조그마한 목소리로 중얼거렸다.

"거기까진 생각을 못 했네."

써니는 잠시 고개를 숙이고 생각했다. 지금 당장 미래에 대항해 보는 건 어떨까. 안 될 것 없지. 그녀는 미래에 지나치게 길든 자신이 마음에 들지 않았다. 소망은 혹시 그녀가 울어 버리는 건 아닌지 겁이 났다. 하지만 써니는 곧 고개를 들고 웃으며 말했다.

"그러네. 그래서 이렇게 어리석은 짓이 떠올랐나 봐. 이제야 이해가 된다."

그러더니 써니는 광장 쪽을 향해 손을 흔들며 크게 소리쳤다.

"여기요, 여기! 저 여기 있어요!"

깜짝 놀란 소망은 급하게 몸을 낮춰 몸을 숨겼다. 광장에 있던 검은 양복 차림의 남자 몇 명이 써니를 발견하고 백화점 쪽으로 뛰기 시작했다. 당황한 소망이 말했다.

"우악! 너 지금 뭐 하는 거야?"

"네 말대로 한번 부딪혀 볼게. 도망치는 건 멈추고 말이야. 어떻게 되는지 한번 보자고."

써니는 소망을 야외정원에 남겨 두고 백화점 안으로 들어섰다.

"'물고기의 메신저'가 너를 찾아올 거야. 물고기를 쫓아가. 네가 찾는 진실이 보일 테니까."

소망은 이게 무슨 소리인가 싶어 눈살을 찌푸리며 잠시 멍하니 서 있었다.

"그리고 너, 네가 원하는 대로 분명히 나쁜 놈이 될 거야. 사람을 죽이게 될 거라고."

써니는 마지막 말을 남기고 자리를 떴다. 소망은 잠시 충격에 빠져 움직일 수 없었다.

'내가 사람을 죽인다고?'

14

소망은 집으로 돌아오는 길에 계속해서 써니의 말을 곱씹었다. 사람을 죽인다고? 내가? 소망은 어이가 없어 헛웃음이 나왔다. 웃기지도 않은 코미디에 웃고 만 기분이었다. 대수롭지 않게 생각하려 했지만 심장이 뛰는 것을 막을 수는 없었다. 그의 긍정 스위치는 반쯤 내려간 상태였다. 써니의 말이 예언이 아니라 저주처럼 느껴졌다. 누군가에게 심한 모욕을 들은 기분이었다.

소망은 동네 횟집 앞을 지나다 발걸음을 멈췄다. 횟집 수족관 안에는 이름 모를 생선들이 느릿느릿 움직이고 있었다. 수족관 구석에서는 기포가 쉴 새 없이 솟았다. 생선들은 자기들의 운명을 알고 있을까. 얼마 안 돼 요리가 될 미래를 말이다. 소망은 자신도 생선들과 다를 바 없는 처지라고 생각했다. 수족관에 갇혀 있는 것 자체가 생선에겐 모욕이었다. 물고기의 메신저라……. 그게 도대체 뭐지? 소망은 어느새 써니의 예언을 진지하게 받아들이고 있었다.

"백소망!"

"깜짝이야!"

어느새 소망 옆에 다가온 건 우식이었다.

"야, 안 그래도 너한테 연락하려던 참이야. 이것 참 운명이네!"

'운명?'

소망은 순간적으로 써니가 말한 물고기의 메신저가 우식이 아닐까 생각했다. 하지만 우식이 입고 있는 티셔츠에는 커다란 녹색 코끼리의 실루엣이 그려져 있었다.

"왜? 뭐 묻었어?"

우식은 자기 티셔츠에 문제가 있나 싶어 물었다. 소망은 피식하고 웃었다.

"아니야, 아니야. 근데 무슨 일이야?"

"지금부터 내가 하는 말 잘 들어."

우식은 목소리를 한껏 낮추고 이야기를 시작했다. 사설 투자 업체에서 투자 대상자들을 분석한 보고서가 돈다는 것이었다. 그것은 속칭 '찌라시'로 불렸다. 그중에 우주연에 대한 소문이 좋지 못했다. 주연이 '사교육'을 받고 있다는 이야기였다.

"사교육?"

"불법 시술 말이야. 두뇌를 임의로 조작할 수 있다는."

우식이 비밀스럽게 속삭였다. 사교육에 대해서는 소문만 무성했다. 두개골을 열고 약물을 주입한다는 말도 있었고, 숲속에 있는 절에서 참선만 한다는 이야기도 있었다. 하지만 그것이 가능하긴 한 건지, 실체를 알고 있는 사람은 없었다. 게다가 테스트가 끝난 지금 시점에서 사교육을 받는다? 쉽게 이해할 수 없는 일이었다.

"내가 들은 특급 정보에 의하면 매주 수요일 밤마다 사교육을 받고 있대."

소망은 그 말이 무엇을 의미하는지 판단이 서지 않았다. 그때 우식이 덧붙였다.

"잘 미행해 봐. 좋은 약점을 알게 될지도 몰라."

"미행을? 내가?"

"당연하지! 네가 나쁜 놈이잖아. 잊었어?"

우식은 자신이 무슨 말을 하고 있는지 모르는 게 분명했다. 말하는 내용에 비해 표정이 지나치게 밝았다. 소망은 그 말을 반박할 수가 없어 알겠다고, 고맙다고 대꾸할 수밖에 없었다. 그러고 보니 우식은 비밀스러운 이야기를 하는 것 치고 소망에게서 멀리 떨어져 있었다. 우식은 써니가 한 거짓 예언을 신경 쓰고 있는 게 분명했다.

"소망아, 나중에 나 잊으면 안 돼? 알겠지?"

우식은 명랑하게 손을 머리 위로 흔들고는 사라졌다. 어떻게든 덕을 보려는 우식의 태도에 소망은 은근한 부담을 느꼈다. 이 모든 게 투자를 위해 감당해야 할 것들이었다. 마음을 단단히 먹을 필요가 있었다. 나는 나쁜 놈이다. 나는 우주연의 약점을 잡을 것이다. 소망은 속으로 되뇌었다. 그는 긍정 스위치를 다시 켜다가, 묘한 기분에 휩싸였다. 나쁜 놈이 되기 위해 긍정 스위치를 켜야 한다니. 아직까진 버티고 있었지만, 스위치에 조금씩 과부하가 걸리고 있었다.

역사적인 투자를 바로 하루 앞둔 날. 소망은 우주연의 마지막 캠페인 현장인 시청 광장으로 향했다. 주연에 대한 단서를 잡을 수 있는 마지막 기회였다. 그 사이 주연의 인기는 꾸준히 높아졌고, 소망의 지지율을 위협하는 수준에 이르고 있었다. 광장에 마련된 연단 주변에는 이미 수백 명의 시민들이 주연의 연설을 기다리고 있었다. 소망은 시민들 사이로 숨어들었다.

"얘기 들었어?"

"찌라시 말이지? 에이, 그걸 그대로 믿을 수가 있나."

"어허, 무슨 소리야. 사교육이 없다는 말이야, 그럼?"

"그거야 뭐 있을 수도 있겠지만……."

사람들은 이미 우주연에 대한 소문을 알고 있었다. 공식적인 마지막 캠페인인 오늘, 주연이 그 문제에 대해 입을 열지가 최대 관심사인 것 같았다. 사람들은 과연 주연이 파멸자를 물리칠 만한 아이인지, 아니면 사교육에 의지한 것뿐인지 알고 싶어 했다. 한편 소망은 잔뜩 긴장하고 있었다. 미행과 잠입 같은 건 생전 처음 해 봤기 때문이다. 긍정 스위치가 어느 때보다 절실한 순간이었다. 소망은 자신이 존재하지도 않는 것처럼 움직이기로 결심했다. 그림자처럼. 아니, 투명 인간처럼. 소망은 평소에 잘 쓰지도 않던 야구모자까지 쓰고 온 참이었다. 그는 더 깊숙이 모자를 눌러썼다.

"백소망!"

"아이, 깜짝이야!"

어느새 소망 뒤에 나타난 사람은 토성 모양의 인형 탈을 쓰고 있었다. 행성의 동그란 몸체가 머리를 포함한 몸통 전체를 차지하고 있었다. 몸체 밖으로는 가느다랗고 짧은 팔다리만 나와 있었다. 웃고 있는 토성 탈의 표정과는 달리 안에서 들리는 목소리는 카랑카랑했다. 어디선가 들어 본 목소리라고 생각하며 소망이 물었다.

"누, 누구세요?"

토성의 두 손이 인형 탈 안으로 들어가더니, 토성의 적도 부근에서 지퍼가 열리며 안에 있는 사람이 모습을 드러냈다. 태슬이었다. 행성의 북반구를 열어젖힌 덕에 토성의 고리를 달고 있는 모습이 발레복이라도 입은 것처럼 우스꽝스러워 보였다. 이마의 땀을 닦아낸 태슬은 의심에 찬 목소리로 캐물었다.

"너, 뭐야? 여긴 왜 왔어?"

"어? 나, 난 그냥 지나던 길이라……. 그러는 너는 왜 여기에 있어?"

"나야 아르바이트 중이지. 파멸자도 아닌 일개 시민이 할 수 있는 일이 뭐가 있겠냐? 근데 너 뭐야? 혹시, 무슨 염탐이나 미행 같은 거 하려는 거 아냐? 안 쓰던 모자까지 다 쓰고."

"미, 미행? 미행은 무슨! 절대 아니야."

소망은 두 손을 격렬하게 흔들며 부인했다. 의심스러운 눈초리로 소망의 얼굴을 살피던 태슬은 천천히 고개를 끄덕였다.

"하긴, 난 네가 파멸자라고 생각하지 않아. 네가 그렇게 대단한 인물일 리 없거든."

"뭐? 그럼 도대체 왜 나를 반대하는 거야?"

"그럼 뭐! 기뻐서 축하라도 해 줄 줄 알았어?"

"그렇다고 미워할 이유는 없지 않아?"

태슬은 가만히 소망을 노려보다가 말을 꺼냈다.

"아직도 모르겠어? 넌 엄청난 행운아야. 로또를 맞은 거나 마찬가지라고."

"내가? 내가 왜? 난 파멸자인데."

"파멸자면 어때. 대부분의 아이들은 자기가 무슨 역할을 맡아야 하는지 알지도 못 해. 앞으로 뭘 해야 할지, 뭘 좋아하는지도 모른다고. 파멸자든 파김치든 나라에서 정해 주면 얼마나 좋으냔 말이야."

소망은 이건 무슨 논리인가 하고 가만히 생각했다. 말이 되는 것도 같고 아닌 것도 같았다. 소망은 태슬의 차림새를 가리키며 물었다.

"그러면 지금 인형 탈을 쓰고 있는 것도 자기 역할을 찾기 위해서 그러는 거야?"

"비꼬지 마! 난 지금 파멸자를 반대하는 쪽으로 가닥을 잡은 참이니까."

"언제는 나보고 컨셉 이상하게 잡는다고 하더니. 너야말
로 정말 컨셉 이상하……."

"시끄러워! 잔소리 말고 여기서 썩 꺼져. 이 중에 널 반겨
줄 사람은 아무도 없으니까."

태슬은 막무가내로 소망을 떠밀어 행사장 밖으로 내보내
려 했다. 소망은 다급하게 태슬에게 말했다.

"태, 태슬아, 잠깐만! 그렇다고 네가 우주연 캠프에 있을
필요가 있어? 가뜩이나 찌라시에서도 안 좋은 소문이 도는
데."

태슬이 걸음을 멈췄다.

"안 좋은 소문?"

"아직 못 들었구나?"

소망은 우주연이 사교육을 받고 있다는 소문을 들려줬다.
테스트가 끝난 후에 사교육을 받는다는 것은 뭔가 문제가 있
다는 뜻이 아닐까, 하고 자기 의견까지 덧붙였다. 가만히 소
망의 말을 듣던 태슬은 성질을 부리며 토성 캐릭터 탈과 옷
을 벗어 던졌다.

"내가 이럴 줄 알았어. 내가 고르는 쪽이 다 이 모양이지.
이럴 바엔 박맑은옥돌 쪽으로 가서 물고기 탈이라도 써야겠

다. 거기는 도시락도 안 준다던데, 에이, 씨. 어쩔 수 없지. 난
간다, 파멸자! 다시 내 눈에 띄지 마라!"

태슬은 조금의 망설임도 없이 성큼성큼 행사장을 벗어났
다. 그녀는 우주연이 파멸자 문제를 해결해 줄 거라고 철석
같이 믿고 있었던 것이다.

소망은 태슬의 모습이 완전히 사라질 때까지 기다렸다. 그
러고는 주변을 살피다가 발끝으로 태슬이 벗어 놓고 간 토성
캐릭터 옷을 한쪽으로 끌어당겼다. 사람들 시선이 닿지 않는
곳으로 간 소망은 재빨리 캐릭터 옷을 덧입고 머리에 탈을
뒤집어썼다. 그 와중에 우주연이 단상에 모습을 드러냈다.
그녀는 똑 부러지는 말투로 자신의 미래 계획을 설명하기 시
작했다. 소망은 토성 탈 안에서 감탄하고 있었다. 연설을 마
치며 주연은 사람들이 듣고 싶어 하던 화제를 언급했다.

"최근 저를 음해하는 찌라시가 퍼지고 있다고 들었습니
다. 저는 절대로 사교육을 이용한 적이 없으며, 온전히 제 힘
으로 이 자리에 서 있다는 점을 말씀드리고 싶습니다. 사교
육은 존재하지도 않고, 존재해서도 안 됩니다. 이상입니다.
감사합니다!"

사람들의 박수 속에서 캠페인 연설이 끝나고, 우주연은 무
대 뒤로 사라졌다. 그 사이에 캠페인 봉사자들이 사람들에게

준비된 전단을 나눠 주었다. 그들 중에는 유독 열정적으로 사람들과 악수하고 사진까지 찍어 주는 중년 남성이 있었다. 소망은 그 사람이 주연의 아버지임을 알아챘다.

시민들이 모두 흩어지고 무대가 해체되고 난 후, 소망은 슬슬 자신의 차림이 불편해지기 시작했다. 행사 관계자들이 이상한 눈으로 소망을 쳐다보았다.

"저, 저기 이제 복장 반납하셔야 하는데……."

누군가 다가와서 말을 걸려고 하는데, 소망은 지레 겁을 먹고 빠른 걸음으로 내달렸다. 골목 뒤로 도망친 소망은 인제 그만 인형 탈을 버리고 도망쳐야 하나 고민했다. 그런데 바로 그때, 골목에 주차된 대기 차량에서 누군가 화내는 목소리가 새어 나왔다. 조금 더 가까이 다가가 보니 내용은 잘 들리지 않았지만, 주연을 닦달하는 눈치였다. 잠시 귀를 기울이고 있는데 차 문이 열리면서 주연이 모습을 드러냈다. 한참을 울었는지 눈이 붉게 충혈된 채였다. 소망은 생각했다.

'진짜 무슨 일이 있긴 있구나.'

뒤이어 주연의 아버지가 차에서 내렸고, 두 사람은 뒤쪽에 주차돼 있던 커다란 차로 향했다. 커다란 짐칸이 달린 트럭이었는데, 짐칸에는 파란색 물고기가 그려져 있었다. 소망은 그것을 보자마자 써니의 말을 떠올렸다.

"어이, 거기 토성!"

깜짝 놀라 정신을 차리고 보니, 주연의 아버지가 소망을 향해 손짓하고 있었다. 주연이 트럭 짐칸에 올라타는 걸 도와달라는 신호였다. 소망은 심장을 쓸어내리며 주연 아버지를 도와 주연을 부축해 차에 태웠다. 주연은 기운이 하나도 없는 상태였다. 단상에서의 똑 부러지던 연설자는 어디에도 없었다. 마치 모든 기운을 무대 위에 쏟아붓고 껍데기만 남아 버린 것 같았다. 주연 아버지가 뒤이어 짐칸에 오르고, 짐칸 문을 닫으려는데, 주연 아버지가 소망을 보더니 한마디 했다.

"캠페인도 끝났는데 탈 좀 벗지 그래. 보기만 해도 답답하구먼."

주연이 탄 트럭이 곧 출발했다. 소망은 급하게 자신에게 배치된 자율주행 차를 호출했다. 차가 근처에 대기 중이던 터라 다행히 금세 도착했다. 인형 탈을 쓴 채로 자율주행 차에 오른 소망은 앞의 트럭을 쫓아가라고 주행 시스템에 명령했다.

'물고기를 쫓아가. 네가 찾는 진실이 보일 거야.'

써니의 말이 귀에서 맴돌았다. 소망은 자신도 모르는 사이에 써니의 예언을 믿기 시작했다.

15

소망은 고개를 들어 거대한 규모의 빌딩을 올려다보았
다. 건물 한쪽이 노을빛을 받아 노랗게 물들어 있었다. 그곳
은 서울 외곽에 위치한 국내 최대 규모의 복합 쇼핑몰이었
다. 대단한 화제를 끌어모으며 화려하게 문을 열었던 게 벌
써 20년 전의 일이었다. 하지만 곧 개장 초기의 인기가 사그
라지면서 지금은 파리만 날리는 신세로 전락했다. 물고기가
그려진 트럭이 이 건물의 지하 주차장으로 들어갔다. 소망은
주차장 밖에 차를 세워 두고 걸어서 뒤따르기로 했다.

트럭은 지하 1층에 주차돼 있었다. 지하 1층에는 폐업한
지 오래된 어린이 전용 복합시설이 방치되어 있었다. 어린이

전용 쇼핑몰, 식당, 영화관, 카페, 수족관까지 있었지만, 출산율 하락으로 아이들의 수가 줄어들자 사업을 접어 버린 것이다. 그제야 소망도 어렸을 적 이곳에 몇 번 와 봤던 기억이 났다. 지금까지 그 시절 모습 그대로 남아 있다는 사실이 반가우면서도 왠지 모르게 기괴한 느낌이 들었다.

소망은 발걸음을 재촉해 앞선 사람들을 쫓았다. 불 꺼진 복합시설 내부는 비상구를 알리는 녹색 표지판만이 빛나고 있었다. 그 희미한 빛이 미치는 곳마다 만화 캐릭터들이 모습을 드러냈다. 그들이 하나같이 행복한 표정을 짓고 있는 통에 묘하게 음침한 분위기를 더했다. 반면에 소망이 몸을 숨기고 미행하기에는 더할 나위 없이 좋은 조건이기도 했다. 아예 몸을 숨길 필요조차 없어 보였다. 배경의 일부처럼 보였기 때문이다. 완벽한 미행의 조건이었지만 소망의 두근거림은 좀처럼 가라앉지를 않았다. 소망은 자신이 너무 멀리까지 왔다는 생각이 들었다. 다시 돌아갈 수는 없었다. 여기까지 온 이상, 끝을 봐야 했다. 소망은 오늘이 엄마의 야간근무 일이라는 사실을 떠올렸다.

소망이 마침내 주연과 주연 아버지를 따라잡았을 때, 두 사람은 정체를 알 수 없는 두 남자와 함께 건물 안쪽을 향해 걷고 있었다. 한 명은 의사 같은 흰 가운을 입고 있었는데 큰 키에 젊고, 다른 한 명은 체구가 다부지고 좀 더 나이가 있어 보였다. 다부진 남자가 손전등을 들고 나머지 사람들을 인도하고 있었다. 네 사람은 별다른 대화도 없이 조용히 이동했다. 키 큰 남자의 흰 가운 때문인지 그들은 저승사자를 따라 저승으로 향하는 사람들처럼 보였다. 흰 가운의 남자가 문득 걸음을 멈추더니 슬쩍 뒤를 돌아보았다. 무테안경 너머로 날카롭게 찢어진 눈이 번뜩였다. 소망은 그대로 얼어붙어 버렸다. 다행히 소망의 인형 탈 덕분에 들키지 않은 것 같았다. 소망의 양옆으로 행복한 원숭이 두 마리가 박장대소하고 있었다. 남자는 다시 몸을 돌려 무리와 함께 걸음을 옮겼다. 소망은 거리가 너무 가까워지지 않도록 신경 썼다. 어차피 이 무리를 놓친다는 건 불가능했다. 통로가 점점 더 수족관에 가까워지고 있었기 때문이다. 소망은 써니가 말한 진실에 더 가까워지고 있었다.

수족관은 어둡기도 했지만, 유리 벽에 물때가 끼어 안이 잘 들여다보이지 않았다. 이미 물은 다 빠진 상태였다. 주연 일행이 들어선 곳은 유리 벽 한 칸이 통째로 비어 있어 복도에서 곧장 안으로 들어설 수 있었다. 소망이 도착했을 때는 이미 그 칸에서 밝은 조명이 쏟아져 나오고 있었다. 소망은 어둠 속에 숨어 안을 훔쳐보았다. 수족관 한가운데 잡다한 장비가 구비되어 있었다. 철제 책상 위에 놓인 컴퓨터를 비롯한 전선과 전기 장치들, 응급실 간이침대, 그리고 각자 다른 모양의 의자 세 개가 축축한 모래와 자갈이 깔린 바닥 위에 놓여 있었다. 임시로 천장에 매달아 둔 LED 조명에서 주광색 빛이 뿜어져 나오고 있었다. 어깨가 우람했던 나이 든 남자는 체형에 어울리는 넓적한 얼굴을 하고 있었다. 흰 가운의 남자가 어깨에 메고 있던 가방을 내려놓으며 주연에게 손짓으로 간이침대를 가리켰다. 하지만 주연은 무슨 일인지 의자에서 일어날 줄을 몰랐다. 보다 못한 주연 아버지가 딸을 재촉했다.

"주연아, 어서 일어나. 시간 없어."

"나……."

주연은 힘없는 목소리로 말을 이었다.

"나, 이거 그만하면 안 돼?"

나머지 세 남자의 시선이 주연에게로 향했다. 흰 가운과 넓적한 얼굴이 순간적으로 눈빛을 교환했다.

"무슨 소리야 그게? 너 아까 아빠한테 뭐라고 약속했어? 응? 끝까지 참고 해내겠다고 했지? 너, 중도에 포기하는 패배자가 될 거야? 잔말 말고 빨리 일어나."

주연 아버지는 이제 주연의 손목을 잡고 억지로 그녀를 일으켰다. 주연은 말없이 자리를 지키고 버티려 했다.

"왜 이럴까 정말? 응? 자꾸 이렇게 아빠 힘들게 할 거야?"

아버지의 힘을 이기지 못하고 주연은 몸을 일으켰다. 그녀는 아버지를 상대하기에 정신적으로나 육체적으로 지쳐 있었다. 결국 그녀는 반강제로 침대에 눕혀져 머리에 전극을 달았다. 소망은 주연 아버지가 주연을 눕히기 직전에 작은 종이컵에 담긴 약물을 먹이는 것을 놓치지 않았다. 모든 과정은 미예테를 답습하고 있었다. 소망은 이것이 소문으로만 듣던 '사교육'이라는 것을 깨닫고는, 급하게 휴대폰을 꺼내 영상을 찍기 시작했다.

"요즘 애들이 워낙에 나약하고, 예민해서…… 허허허."

주연이 잠들자, 덩치 큰 남자가 주연 아버지에게 말했다. 남자는 덩치에 맞지 않게 싹싹하고 약삭빠른 말투로 주연 아버지를 달래려고 했다. 소망은 그가 장사꾼 같다고 느꼈다. 흰 가운을 입고 있던 남자는 말없이 컴퓨터 앞에 앉아 명령어를 입력하고 있었다. 하는 행동으로 보아 두 남자는 역할이 분명해 보였다. 흰 가운은 시술을 맡은 전문가이고, 덩치 큰 남자는 손님을 끌어오는 브로커 정도인 것 같았다.

"걱정하지 마세요. 금방 끝날 겁니다. 앉아 계세요. 허허."

브로커는 계속해서 주연 아버지를 배려했다. 여차하면 차라도 끓여 올 기세였다. 반면 시술자는 말없이 자기 일에만 집중하고 있었다. 브로커를 대하는 주연 아버지는 어쩐지 태도가 냉랭했다. 불만이 많은 표정이었다.

"얘기가 다르지 않습니까. 이거, 효과가 있긴 있는 거예요?"

"아이고, 몇 번을 말합니까. 확실하다니까. 확실해. 이게 기본적으로 미래 예측 테스트랑 원리가 똑같다니까요. 반복해서 시술하는 게 중요하다고 말씀드렸잖아요."

"누가 그걸 몰라요? 효과가 없으니까 하는 말 아닙니까!"

주연 아버지는 어느새 목소리를 높이고 있었다. 그간 쌓인 게 많은 모양이었다. 소망은 녹화가 제대로 되고 있는지 다시 한번 확인했다.

"얘 우주 기술자 못 되면 책임질 거예요? 이제 투자일이 코앞인데. 한 사람 미래를 다 망쳐 놓고 나 몰라라 하면 누구한테 가서 하소연하느냔 말이에요. 책임감이 있어야지, 책임감이."

"아이고, 무슨 그런 말씀을 다 하십니까. 처음부터 저희가 신뢰를 가지고 일을 시작한 건데, 그렇게 말씀하시면 섭섭하죠."

브로커는 계속해서 분위기를 바꿔 보려 노력하고 있었다. 하지만 주연 아버지는 갈수록 흥분하는 게 눈에 보였다. 스트레스를 많이 받는 모양이었다.

"애 이름을 우주연이라고 지었다고요, 우주연! 태어났을 때부터 애 운명이 우주에 달려 있단 말입니다! 한 사람 운명이 지금 왔다 갔다 한다고요!"

브로커가 또 의미 없는 말로 주연 아버지를 진정시키려는데, 그때까지 침묵을 지키던 시술자가 컴퓨터에서 눈을 떼지 않은 채 끼어들었다.

"운명이요? 운명 같은 건 없어요. 저희는 그냥 두뇌를 조금 조작할 뿐입니다."

지극히 사무적인 말투였다. 주연 아버지의 노한 시선이 그를 향했다. 아랑곳하지 않고 남자가 말을 이었다.

"운명 같은 걸 바꾸고 싶으면 무당을 찾아가세요. 저희는 운명을 바꾸려는 게 아닙니다."

주연 아버지가 브로커를 대할 때보다 더 날 선 말투로 말했다.

"테스트 통과했다고 더 이상 책임이 없다고 생각하시나 본데. 이런 식으로 나오시면 곤란하죠!"

"아, 저, 목소리들 낮추시고. 대화로 풀어 갑시다. 대화로."

"테스트에 미래가 딱 다 나왔는데, 애가 확신이 없다는 게 말이 됩니까? 이런 부작용에 대해서 알았으면 사교육이고 뭐고 애초에 안 했죠!"

"자, 자. 흥분을 좀 가라앉히시고……."

브로커의 중재는 다시 시술자에 의해 깨지고 말았다. 시술자가 답답하다는 듯이 작게 한숨을 내쉬고 말했다.

"미래 예측 테스트는 미래를 예측하는 테스트가 아닙니다. 몇 번을 말해야 알아들으십니까?"

시술자의 말에 소망의 귀가 솔깃해졌다.

'이게 무슨 소리지?'

주연 아버지가 다시 말했다.

"이거 한 번 받는 데 돈이 얼마나 드는데, 효과가 없다는 게 말이 됩니까?"

"시술 탓이 아닙니다. 애가 자꾸 거부하니까 그렇죠."

"뭐요?"

시술자가 이죽거리며 대꾸했다.

"알아듣기 쉽게 말해 드릴까요? 우주 전문가가 될 '운명'이 아닌가 보죠."

주연 아버지의 얼굴이 벌겋게 달아올랐다. 브로커가 더는 못 참겠다는 듯 시술자에게 그만하라고 눈치를 줬다. 시술자는 지겹다는 듯이 고개를 절레절레 흔들고는 모니터로 시선을 돌렸다. 시술자는 주연 아버지의 등을 조심스레 토닥이며 말했다.

"자, 자, 이러지들 마시고, 밖에 잠깐 나가서⋯⋯."

주연 아버지는 브로커의 손을 뿌리치며 말했다.

"당신들 이거 경찰에 알리면 어떻게 될 것 같아? 응? 당신들 '거기' 사람들이지? 내가 모를 줄 알고?"

"어허! 무슨 말씀을 그렇게 하십니까? 큰일 날 분이네."

"아무래도 사기당한 것 같으니까, 난 더 이상 돈 못 줘. 그리고 이전에 낸 돈도 다시 돌려줘야 할 거야. 알아들어?"

브로커의 표정이 굳었다. 시술자는 차가운 눈으로 브로커의 눈치를 봤다. 브로커가 이제까지와는 다른 무뚝뚝한 말투로 말했다.

"뭐?"

"안 그럼 어쩔 거야, 범죄자들 주제에. 우리 주연이는 투자 대상자야! 니들이 뭘 어쩔 건데?"

빠직, 하는 소리와 함께 주연 아버지가 쓰러졌다. 소망은 무슨 일이 일어난 건지 처음에는 제대로 파악하지 못했다. 브로커의 손에는 어느새 전기 충격기가 들려 있었다. 소망은 깜짝 놀라 하마터면 비명을 지를 뻔했다. 그는 입을 틀어막

왔다. 아니, 그러려고 했으나 그의 손은 인형 탈의 입을 틀어막을 뿐이었다. 골치 아프다는 듯이 시술자가 말했다.

"어쩌려고요."

"뭘 어째. 적당히 처리해야지. 말하는 꼴 보니까 작정하고 온 것 같은데."

"그럼, 얘는."

시술자는 간이침대에 누워 있는 주연을 가리켰다. 브로커는 커다란 입을 쩝쩝거리며 입맛만 다셨다. 소망에게는 그 소리가 주연 아버지와 비슷하게 처리하겠다는 뜻으로 들렸다. 소망은 심장이 쿵쾅거렸다. 이대로 두면 우주연과 그녀의 아버지가 죽고 말 것이다. 어떻게든 막아야 했다. 그러다 소망은 갑자기 생각을 멈췄다. 정말 이들을 막아야 하는 걸까. 소망은 다시 생각했다. 이게 바로 내가 원하던 것 아닌가. 경쟁자가 사라지는 것.

'나는 악당이니까.'

소망은 자기 생각에 스스로 깜짝 놀랐다. 그리고 동시에 써니의 말이 떠올랐다.

'넌 사람을 죽이게 될 거야.'

소망은 마음이 복잡해졌다. 그리고 다시 긍정 스위치를 켜야겠다고 생각했다. 하지만 도대체 뭐가 긍정이란 말인가.

사람이 죽지 않게 막는 것? 사람이 죽도록 내버려두는 것? 소망은 눈을 질끈 감았다. 그리고 자기 머리가 어떻게 돼 버린 게 아닐까 생각했다. 조금 전까지의 자기 생각이 도무지 믿기지 않았다.

'난 살인자가 아니야. 절대 그런 인간은 되지 않겠어!'

소망은 녹화 중이던 휴대폰을 꺼 버리고는, 자리를 박차고 성큼성큼 수족관 안으로 걸음을 옮겼다.

16

브로커와 시술자가 놀란 눈으로 소망을 바라보았다. 소망
은 그들의 눈을 똑바로 응시했다. 잠시 정적이 흘렀다. 소망
은 그러고도 한참 뒤에야 자신이 인형 탈을 쓰고 있다는 것
을 깨닫고 황급히 그것을 벗었다. 적도 부근의 지퍼가 손에
잡히지 않아 한참을 헤매야 했다. 소망이 인형 탈을 벗자 브
로커와 시술자는 더 크게 놀랐다.

"파, 파멸자……? 여긴 어떻게?"

자신을 보고 동요하자 소망은 자신감을 얻었다.

"파멸자가 괜히 파멸자겠습니까? 아까부터 쭈욱 지켜보고
있었습니다."

"뭐? 그럼 미행을 했다는 거야?"

소망은 영화 속에서 본 악당을 떠올리며 최대한 삐딱하게 웃었다.

"안 그래도 우주연을 손봐 줄 생각이었습니다. 그런 의미에서, 이렇게 좋은 기회를 만들어 주시니 고맙습니다. 뭐 하시는 분들인지는 모르겠지만 나머지는 제가 처리할 테니 그만 가 보시죠."

브로커가 시술자와 눈빛을 교환했다. 그들은 소망의 말에 황당해하는 눈치였다. 소망은 이들이 자기 말을 듣지 않을까 봐 걱정이 됐다.

"지금 저를 못 믿으시는 겁니까? 저 파멸자입니다. 무슨 짓을 벌이든 아무도 놀라지 않는 파멸자라고요. 두 분께는 어떤 피해도 끼치지 않을 겁니다. 제가 다 책임질 테니 그만 가 보세요."

그 말에 시술자가 브로커에게 눈짓을 하며 소망의 말을 따르자고 신호했다. 그런데 시술자는 그새 침착함을 되찾고 소망에게 물었다.

"죽일 건가? 둘 다?"

시술자의 날카로운 눈빛에 소망은 움찔하고 말았다. 그는 목소리를 가다듬고 당당하게 대답했다.

"물론입니다."

소망의 목소리가 가늘게 떨렸다. 시술자는 느긋하게 등받이에 기대며 말했다.

"그럼 확인 좀 하고 가도 될까?"

소망은 역시 시술자가 강적이라고 생각했다. 이왕 이렇게 된 것 기세로 밀어붙여야 했다.

"여기서 죽일 건 아닙니다. 마땅한 곳을 봐 뒀거든요. 그게 두 분한테도 낫지 않겠어요? 여기 이렇게 증거가 많은데."

시술자의 얼굴에 소망을 비웃는 미소가 살짝 떠올랐다.

"파멸자가 뭐 그런 걸 다 걱정해 주나. 우리 똥이야 우리가 치울 거고……. 근데 거기가 어딘데? 마땅한 곳이란 데가?"

소망은 시술자의 집요함에 슬슬 짜증이 나기 시작했다.

"전 제 즐거움을 다른 사람과 나누지 않습니다."

"방해되는 일은 없을 텐데."

시술자는 조금도 물러서지 않으려 했다. 소망은 그의 눈빛을 피하지 않으려 노력했다. 그러자 눈치를 보고 있던 브로커가 말했다.

"그럼 뭐, 나 먼저 가 봐도 될까? 둘한테 맡기고 나는 먼저 퇴근할까 하는데……."

브로커는 다시 약삭빠르고 비굴한 말투로 돌아와 있었다.

시술자는 깐깐한 눈으로 브로커를 째려봤다. 이대로는 안 되겠다 싶었던 소망은 뭔가를 결심하고 품 안에서 휴대폰을 꺼내 보였다.

"지금 기회 줄 때 빨리 내 눈앞에서 사라지는 게 좋을 겁니다. 여기 사교육 장면이 다 찍혔으니까요."

시술자는 곤란하다는 듯이 귀를 후비적거리며 얼굴을 찌푸렸다. 브로커는 시술자에게 다가와 뭐라고 귓속말로 속삭였다. 이번에는 브로커도 진지한 표정이었다. 브로커의 말을 듣던 시술자는 더 이상 버티지 못하고 의자에서 일어섰다. 모든 걸 털어 버리는 듯한 몸짓이었다. 소망은 속으로 안도의 한숨을 내쉬었다. 시술자는 자신의 가방을 챙기면서 소망보고 들으라는 듯 큰 소리로 중얼거렸다.

"뭔가 의심스러운 파멸자네."

시술자가 짐을 챙기는 동안 브로커는 소망에게 보란 듯이 자신의 휴대폰을 들어 보이더니, 그것을 책상 위에 올려놓았다. 마치 연락을 기다리라는 듯한 몸짓이었다. 이유는 알 수 없었지만 소망 입장에서는 두 사람이 사라져 준다면 아무래도 상관없었다. 시술자와 브로커는 수족관에 들어왔을 때처럼 아무 말도 없이 어둠 속으로 사라졌다.

두 사람이 모습을 감추자마자 소망은 우선 주연 아버지의 호흡을 확인했다. 다행히도 숨소리가 가늘게 이어지고 있었다. 소망은 어느 쪽을 먼저 구해야 할지 허둥대다가 결국 컴퓨터 앞에 앉았다. 처음에는 뭐가 뭔지 이해되지 않았지만 차근차근 살펴보니 그리 어려운 건 아니었다. 소망은 절차에 따라 시스템을 종료했다. 그러자 곧 주연이 눈을 떴다. 힘없이 몸을 일으킨 주연은 소망을 발견하고 어리둥절한 표정을 지었다. 어색하기는 소망도 마찬가지였다. 뭐라고 설명해야 할지 난감해하고 있는데, 주연이 바닥에 쓰러진 아버지를 발견하고는 비명을 질렀다.

"아빠! 아빠한테 무슨 짓을 한 거야! 이 파멸자!"

소망은 주연 아버지가 전기 충격기에 맞아 잠시 기절했다고 설명하며 자신이 녹화한 영상을 보여 줬다. 상황을 파악한 주연은 고개를 푹 숙이고는 그렁그렁 맺힌 눈물을 가까스로 참아냈다. 그러고는 휴대폰을 꺼내 119에 구조 요청을 했다. 신고 전화를 끊고 나자 다시금 어색한 정적이 흘렀다. 먼저 정적을 깬 것은 주연이었다.

"미안해."

소망은 그 말을 듣고 나자 긴장이 확 풀리는 걸 느꼈다.

"내가 오해했어. 그리고 잘 알지도 못하면서 널 모함하기도 했어. 변명의 여지가 없다. 정식으로 사과할게."

주연은 가볍게 고개까지 숙였다. 소망은 그런 식의 정중한 사과를 받아 본 적이 없었다. 어떻게 대응해야 할지 몰라 엉거주춤 주연의 인사를 받고 말았다. 주연은 사과조차 똑 부러지게 하는 아이였다.

"나도 사교육을 받고 싶었던 건 아니야. 아빠가 그래야만 한다고, 그렇게 하면 투자를 받게 해 주겠다고 누군가 제안했다나 봐."

"누가?"

"그건 모르겠어. 하지만 아빠가 그 말을 그대로 믿은 걸 보면 꽤나 대단한 상대인 게 분명해."

소망은 그게 누굴까 골똘히 생각해 보았지만 알 수가 없었다. 주연은 문득 생각난 듯이 물었다.

"근데 넌 여기 어떻게 알고 왔어?"

소망은 잠시 망설이다 찌라시 내용에 대해 들었다고 말했다. 그 내용이 사실인지 확인하고 싶어서 미행하게 됐다고.

"미안. 나도 별로 떳떳하지 못한 것 같아."

소망은 자신도 고개를 숙여야 하나 잠시 망설였다. 하지만 이미 주연은 그의 말을 수긍하고 고개를 끄덕였다. 그리고 자신도 같은 상황이었다면 똑같이 했을 거라고 말했다.

"난 사실 우주에 대한 열정 따위는 없어. 아빠가 그쪽이 유망하다고 해서 지망했을 했을 뿐이지. 다른 분야에 관심이 있었는데 아빠 때문에 포기한 거야. 처음에는 열정 같은 건 얼마든지 만들어 내면 된다고 생각했어. 그런데 시간이 갈수록 확신이 없어졌어. 내가 관심도 없는 일에 평생을 바칠 자신이 없었거든. 그러면서 다른 사람한테는 자신감 있는 것처럼 말해야 했고. 내가 아닌 누군가를 연기하는 것처럼 말이야."

주연의 말을 듣고 쭈뼛거리던 소망은 용기를 내서 입을 뗐다.

"나도, 실제 악당이 되려고 했던 건 아니야. 투자를 받으려면 어쩔 수 없어서 그랬을 뿐이지."

그리고 조금 있다가 한마디를 덧붙였다.

"세상에 악당이 되고 싶은 사람이 어디 있겠어."

두 사람 사이에 다시 정적이 흘렀다. 주연은 조그맣게 말했다.

"우리는 지금 뭘 하고 있는 걸까?"

소망도 그게 궁금해졌다. 소망은 긍정 스위치가 무의미해지는 순간들을 거쳐 왔다. 지금도 그랬다. 이 정적 속에서 긍정과 부정은 의미가 없었다. 그냥 서로 솔직한 말이 오갔고, 그게 가장 중요했다.

"원래 관심 있던 분야는 뭐였어?"

소망은 정말로 그것이 궁금해졌다. 주연은 상황에 맞지 않게 조금 쑥스러워하면서 대답했다.

"아이들 진로 결정을 도와주고 싶었어. 사교육을 계속 받으면서 고민이 많았거든. 이 사교육 시스템의 목적을 조금만 바꾸면, 그렇게 할 수만 있다면 말이야. 아이들이 진짜 원하는 진로를 결정하도록 도와줄 수 있지 않을까, 그런 생각을 했어."

소망은 가만히 그 말을 들었다.

"사교육이 미예테의 원리를 이용해 꿈을 심어 주는 거잖아. 나 같은 경우는 실패하긴 했지만…… 방향을 바꿔서 원래 가진 꿈에 확신을 주는 식으로 사용할 수도 있지 않을까? 그러면 누구나 자신이 하고 싶은 일에 자신감을 가질 수 있을 텐데 말이야. 자기 재능을 최대치로 끌어낼 수도 있을 거고."

주연은 그 꿈에 대해 몇 가지 성과도 올렸다고 했다. 아이디어 단계이긴 했지만, 계획이 구체적이었다. 소망이 듣기에는 꽤나 진지하게 탐구한 것 같았다. 주연의 눈이 반짝였다. 조금 전까지 기운 없던 사람의 눈빛이 아니었다. 소망은 그 눈빛이 유독 마음에 남았다.

"물론, 이건 다 내 생각일 뿐이야. 어른들은 이런 걸 신경 쓰지 않아. 더 많은 돈을 벌어다 줄 건지 아닌지 그것만 중요하지. 당장에 돈이 되지 않는 일에는 절대 투자하지 않을 거야."

주연은 쓸쓸하게 웃었다. 그녀는 자기 아버지의 얼굴을 내려다보고 있었다. 소망은 주연과 같은 생각을 해 본 적이 없었다. 왜 이 시스템을 만든 사람은 그런 생각을 하지 않았을까? 소망은 문득 궁금해졌다. 그러다 조금 전에 시술자가 한 말이 떠올랐다.

"실은, 아까 미예테가 미래를 예측하는 테스트가 아니라는 말을 들었거든. 그게 무슨 뜻인지 아는 것 있어?"

"그런 말을 했단 말이야? 글쎄…… 어른들이 어떤 말도 해 주질 않아서…… 나도 제대로 아는 게 거의 없어."

소망은 이대로 앉아 있을 수 없다는 생각이 들어 자리에서 벌떡 일어섰다.

"아무래도 아까 그 사람들을 뒤쫓아 봐야겠어. 이렇게 된 이상 진실을 알아야겠어."

소망은 브로커가 남긴 휴대폰을 생각해 내고 그것을 챙겼다. 그러고는 주연에게 작별 인사를 하고 수족관을 빠져나왔다. 소망을 향해 힘없이 손을 흔드는 주연의 품에 그녀의 아버지가 안겨 있었다. 소망은 그들만 남겨 두고 떠나는 게 마음이 편치 않았다. 하지만 더 늦었다간 브로커와 시술자를 놓칠지도 몰랐다.

"여보세요?"

통화 연결음이 채 세 번 울리기도 전에 브로커가 전화를 받았다. 브로커가 남기고 간 휴대폰에는 하나의 전화번호가 저장돼 있었다. 소망은 그 번호로 곧장 전화를 건 참이었다. 이미 자율 주행차에 올라탄 소망은 더 이상 망설이지 않았다.

"당장 만나서 얘기 좀 하시죠. 묻고 싶은 게 있어요."

17

"다시 걸지."

소망의 말이 끝나자마자 브로커는 이 말만을 남기고 전화를 끊어 버렸다. 소망이 다시 전화를 걸었지만 그사이 휴대폰은 꺼져 있었다. 실제로 전화를 걸 줄은 몰랐던 걸까? 그들은 어쩌면 교묘하게 사기를 치려는 것인지도 몰랐다. 소망은 정신을 똑바로 차리고 생각에 집중하려 노력했다.

'뭔가 방법이 있을 거야. 긍정 스위치를 작동시키자. 물고기만 쫓으면 돼. 물고기, 물고기⋯⋯.'

소망은 자신이 어느새 써니의 말을 되뇌고 있는 걸 깨닫고는 깜짝 놀랐다.

"나 왜 이러지? 가스라이팅 당했나?"

그때 브로커의 전화가 울렸다. 어떤 위협이 기다릴지 알수 없었지만 일단은 전화를 받을 수밖에 없었다. 하지만 브로커의 목소리가 아니었다. 상대방은 지적이면서도 다정한 말투의 중년 여성이었다.

"백소망 학생? 우리랑 만나고 싶다고요? 그러지 않아도한번 만나 보고 싶었어요. 이쪽으로 와 줄 수 있어요?"

소망은 지나치게 친절한 대응에 당황했지만, 거절할 이유가 없었다. 통화를 끝내고 상대가 보내준 주소를 네비게이션에 목적지로 입력했다. 그리고 소망은 잠시 자신의 눈을 의심했다. 목적지는 투자청 건물을 가리키고 있었다.

투자청 입구에서 소망을 맞아 준 사람은 다름 아닌 브로커였다. 그는 청원경찰 유니폼을 입고 있었다. 브로커는 소망에 대한 경계를 늦추지 않으면서도 정중한 몸짓으로 건물안으로 안내했다. 그는 아무 말이 없었고, 소망도 그저 조용히 그를 따랐다. 승강기에 오른 브로커는 출입 카드를 투입하고 통제구역으로 표시된 8층 버튼을 눌렀다. 8층은 꼭대기층이었다. 소망은 숫자 버튼을 유심히 바라봤다.

'오늘 안에 집으로 돌아갈 수 있을까?'

숫자 버튼에 새겨진 숫자 8은 윗면이 평평하게 그려져 있었다. 소망은 그 모양이 물고기를 꼬리부터 세로로 세워 둔 것처럼 느껴졌다. 소망은 자기 생각이 지나친 건지, 아니면 써니가 거기까지 봤던 건지 확신이 서지 않았다. 소망은 긴장되기 시작했다. 그는 속으로 되뇌었다. 다시 긍정 스위치를 켜자. 나는 긍정 로봇이다.

8층에는 전혀 다른 광경이 펼쳐졌다. 천장과 바닥 모두 하얗고 광택 나는 마감재로 덮여 있었다. 깨끗한 흰색 형광등 불빛이 사방에 켜져 있어 마치 미래 도시에 도착한 것 같은 착각이 들 정도였다. 승강기 앞쪽으로 긴 복도가 나 있었고, 복도 양옆으로 수많은 작은 연구실이 빼곡하게 늘어서 있었다. 연구실 사이로 이따금 좁은 복도가 나타났다. 바둑판처럼 일정한 배치였다. 유리벽으로 둘러싸인 연구실은 안이 훤하게 들여다보였다. 각 연구실 안에는 연구원들로 보이는 사람들이 목적을 알 수 없는 전자 장비와 컴퓨터들을 조작하고 있었다. 연구원들은 하나같이 흰색 가운을 입고 있었다.

좁은 복도를 따라 가장 깊숙한 방으로 안내된 소망은, 그곳이 가장 중요한 연구실일 거라 예상했다. 앞서 본 연구실에 비해 가장 넓은 곳이었기 때문이다. 세 개의 대형 스크린에서 알 수 없는 결괏값과 그래프가 끊임없이 변화하고 있었다. 스크린 밑에는 미예테 때 봤던 거대한 스캔 기계가 윙윙거리는 소리를 내며 작동하고 있었다.

가장 먼저 소망의 눈에 들어온 사람은 컴퓨터 앞에 앉아 있는 시술자였다. 그는 소망에게 싸늘한 시선을 한 번 던지고는 하던 일에 집중했다.

"아, 왔군요. 소망 학생!"

명랑한 목소리에 소망이 돌아보니, 훤칠한 키의 연구원이 활짝 웃으며 다가오고 있었다. 소망은 조금 전 통화를 나눴던 사람이라는 것을 알아챘다.

"반가워요. 연구센터장 나은재입니다. 나 박사라고 불러 주세요."

그녀는 긴 팔을 뻗어 악수를 청했다. 소망이 얼결에 손을 맞잡으니, 나 박사는 그것을 힘차게 아래위로 흔들었다.

"두 사람하고는 구면이죠?"

나 박사는 시술자와 브로커를 가리키며 말했다. 시술자는 모니터에서 눈을 떼지 않았고, 브로커는 소망에게 무미건조한 억지 미소를 지어 보였다.

"저 사람들은 다 제 지시대로 했을 뿐이에요. 미안해요. 많이 놀랐죠?"

"도대체 투자청 직원이 왜 불법 시술에 관여하고 있는 거죠?"

소망이 처음 입을 열어 한 말에 나 박사는 조금 놀란 것 같았다. 하지만 곧 재밌다는 듯이 웃었다. 그녀는 브로커에게 나가 보라는 눈짓을 보냈다. 그리고 소망의 질문에 막힘없이 답하기 시작했다.

"투자청은 지금도 수없이 많은 실험을 진행 중이에요. 들어오면서 봤겠지만 한두 가지 프로젝트가 아니라 수십에서 수백 개가 동시에 돌아가고 있어요. 그 수많은 실험들의 목적은 하나예요. 미래를 안전하게 관리하는 것. 그게 투자청의 존재 목적이죠. 흔히 '사교육'이라고 불리는 시술은 그 수많은 시도 중의 하나일 뿐이에요. 운명이 우리를 휘두르기 전에 우리가 운명을 설계한다, 그렇게 설명하면 이해가 될까요?"

소망은 혼란스러웠다. 잘 이해가 되지 않았다. 운명을 설계한다고? 미래를 관리해? 예측하는 게 아니라?

"시술을 지켜봤으면 어느 정도 예상하고 있을 것 아니에요? 미래 예측 테스트는, 아, 미예테라고 줄여 부른다던가. 암튼, 그 테스트는 미래를 예측하는 게 아니에요."

"그럼요? 그럼, 테스트는 도대체 뭐죠?"

"테스트는 미래를 '결정짓는' 거예요."

나 박사는 소망이 제대로 따라올 수 있도록 잠시 기다렸다가 말을 이었다.

"여러 가지 미래 중에 하나를 골라 고정하는 게 미예테의 실제 목적입니다."

소망의 머리는 본능적으로 나 박사의 말을 거부하고 있었다. 어두운 운명이 자기 모습을 드러내고 있었다.

"학생들의 두뇌를 스캔해 얻게 된 정보를 토대로, 그 학생의 가능성을 먼저 탐색합니다. 그중에서 가장 선명한 하나의 가능성을 선택하는 거예요. 한번 선택한 그 가능성은 고정되고 바뀌지 않아요. 나머지 희미한 가능성은 사라지는 거예요. 그러면 투자까지 받은 학생은 평생에 걸쳐 그 가능성을 발현하게 되는 거죠. 결과적으로 투자청 인공지능이 학생의 미래를 선택하는 겁니다. 이해되죠?"

소망은 얼굴이 화끈거렸다. 그는 흥분하고 있었다.

"어, 어째서 국가가 학생들의 미래를 멋대로 정하는 거죠? 아니, 왜 인공지능이 멋대로 정하도록 내버려두는 거죠?"

소망은 흥분한 나머지 더듬거리며 따져 물었다. 나 박사는 지루한 미소를 지으며 대답했다.

"미래를 관리할 수 있으니까요. 아예 아무것도 모르는 것보다는, 인공지능이 정한 것을 아는 쪽이 훨씬 낫죠."

정부는 미래를 예측해서 사회경제적 계획을 세우고 미래에 대비했다. 미래를 예측할 수만 있으면 두려워할 것이 없었다. 정부의 모든 정책은 예측 데이터를 기반으로 설계되었다. 국민에게 집중할 화제를 제공한다는 것도 투자의 중요한 역할이었다. 사람들에게는 이제 미래 예측만이 중요했다. 다른 이야기들은 관심 밖으로 밀려났다. 모든 문제는 투자로 해결할 수 있었다. 한때 미래를 상상하는 능력은 인간만이 가진 특권이었지만, 인공지능의 정확한 예측 덕분에 그것은 서서히 무뎌지고 있었다.

미래를 안다는 것은 안정적인 권력을 유지할 수 있다는 말이었다. 그래서 학생들의 미래를 결정지어 버리고 예측할 수 있는 범위 안에서 그것을 통제하려고 한 것이다. 마지막으로, 정부 또한 투자자라는 면도 빼놓을 수 없었다. 정부는 중요한 정보를 혼자만 손에 쥐고 도박판을 벌인 셈이다. 투자는 중요한 수익원이었다. 갈수록 투자청은 정부의 핵심 기관이 되어 버렸다. 그럴 수밖에 없었다. 나라 전체가 투자청에 기대고 있었으니까.

한편 소망은 마음속에서 화가 치밀어 올랐다. 나 박사의 말에 의하면, 자신의 미래가 파멸자로 정해져 버렸다는 것이다. 소망은 파멸자가 되지 않을 수도 있었다. 하지만 이제는 그런 희망이 모두 사라졌다. 그에게 남겨진 미래라고는 파멸자가 전부였다.

"그럼 나는 그냥 파멸자가 돼 버린 거예요? 투자청의 결정에 따라서요? 그런 법이 어디 있어요?"

"인공지능은 소망 학생의 머릿속에서 가장 많은 부분을 차지하고 있던 미래를 택한 것뿐이에요. 없는 가능성을 만들어 낸 게 아니고요. 아마 소망 학생의 머릿속에 이미 부정적인 생각이 많았던 거겠죠? 세계를 바라보는 태도나 시선이 특히 그랬던 걸로 예측해 볼 수 있겠네요."

소망은 속마음을 들킨 것처럼 깜짝 놀랐다. 나 박사는 차트를 넘기며 말을 이었다.

"콤플렉스 반응치가 높았고, 특히 실패에 대한 두려움이 크다고 나와 있는데, 맞아요? 이런 경우는 부모님의 영향을 받은 경우가 대부분이에요. 어렸을 적에 아버님이 돌아가신 걸로 나오는데, 그 영향 때문일까요?"

"그만해요!"

소망이 화를 참지 못하고 고함을 쳤다. 나 박사가 소망의 기세에 놀라 잠시 말을 멈추고 소망과 눈을 맞췄다. 소망은 몸이 부들부들 떨리는 걸 느낄 수 있었다.

"누가 지금 그딴 소리 듣고 싶다고 했어요? 남의 미래를 맘대로 망쳐 놓고 그게 할 소리냐고요!"

어느새 시술자가 고개를 돌리고 긴장한 눈으로 소망을 지켜보고 있었다. 그의 손에는 두툼한 권총이 들려 있었다. 나 박사가 눈짓으로 시술자를 만류했다.

"고무탄 총이에요. 맞는다고 죽진 않아요. 머리나 가슴을 가까이서 맞는다면 죽을 수도 있겠지만."

그녀는 아직도 여유 있는 태도를 잃지 않았다.

"이해해요. 파멸자라는 미래를 좋아할 사람은 없으니까. 그래도 아직 기회가 없는 건 아니에요."

나 박사는 자세를 좀 더 느긋하게 고치고 자기 이야기를 들려주기 시작했다.

18

그녀는 첫 번째로 발견된 능력자였다. 30년 전, 투자 시스
템이 막 도입되던 시절의 일이었다. 그녀가 가진 능력은 창
조의 힘이었다. 사회와 세상을 위해 혁신적인 무언가를 만들
수 있는 능력. 그녀는 일명 '창조자'였다. 정부는 이 소중한
인재를 어떻게 사용할지 오랫동안 논의했고, 그녀의 의견을
반영해 투자청에 배치하기로 했다. 그녀는 초기 단계인 투자
시스템을 지금의 정교한 단계로 발전시킨 장본인이었다. 시
스템의 창시자인 미래박사 공대성은 그녀를 자신의 후계자
로 인정했다.

"하지만 난 실패작이에요. 창조자라는 거창한 능력을 가

지고도 미예테 연구만 하고 있으니까요. 그때는 미예테 연구 이후에 다른 직업을 가질 수 있을 거라고 생각했거든요. 미래 예측 테스트가 미래를 고정시켜 버린다는 사실을 알지 못하던 시절의 일이에요. 그걸 깨달았을 때는 너무 늦은 거죠. 가끔 생각해요. 내가 연구실에 처박히지 않았으면 뭘 하고 살았을까. 도무지 상상되지 않지만 말이에요."

하지만 이제는 상황이 달랐다. 사교육을 비롯한 여러 실험으로 고정된 미래를 바꾸려 시도했다. 그리고 그것은 성공을 코앞에 두고 있었다. 투자청은, 그리고 정부는 미래를 예측하는 것으로 만족하지 못했다. 그들은 미래를 마음대로 조작할 수 있기를 원했다.

우주연의 경우도 그 실험 중 하나였다. 인체 실험은 당연히 불법이었기에 공개적으로 실험 대상자를 모집할 수는 없었다. 모든 것은 나 박사의 재량으로 음지에서 이뤄졌다. '사교육'이라는 그럴듯한 탈을 쓰고 말이다. 상류층 부모들은 쉽게 그 유혹에 빠져들었다. 하지만 나 박사에게는 주연도 실패작이었다. 주연이 확신을 잃고 나약한 모습을 보인다는 보고를 받았기 때문이다.

소망은 나 박사의 권력이 어느 정도인지 가늠이 되지 않았다. 이 사람의 일탈은 어디까지 허용되는 걸까. 아까 시술자와 브로커는 주연과 그녀의 아버지를 죽이고 처리하려고 하지 않았던가. 소망은 그런 생각을 하자 눈앞에 있는 키 큰 중년 여자가 갑자기 두려워지기 시작했다.

"하지만 소망 학생은, 성공할 수 있어요. 성공작이 될 수 있다고요."

나 박사는 제안을 하고 있었다. 그녀는 이 제안을 위해 소망을 불러들인 것이다.

"미래를 바꿀 수 있어요. 물론 '거의' 완성된 기술이긴 해요. 그래도 우리 연구진은 자신감이 있어요. 단지, 실험에 자발적으로 참여할 실험 대상이 너무 부족하다는 게 문제예요. 소망 학생은 이 실험에 적격이에요. 아무리 그래도, 파멸자로 살고 싶은 사람이 어디 있겠어요? 대신에 뭐가 되기를 원하죠? 소망 학생이 원하는 건 어떤 미래든 다 만들어 줄 수 있어요."

나 박사는 기대감에 부풀어 눈을 반짝였다. 그녀는 확신하고 있었다. 소망이 자신의 제안을 받아들일 수밖에 없을 거라고 말이다. 거침없이 모든 진실을 알려 준 것도 그런 이유에서였다. 그녀는 자신이 하는 일을 모두 확신에 차서 밀어붙였다. 어떤 의심도 하지 않았다. 자신을 실패작이라고 불렀지만 그것도 일종의 정해진 운명의 일부라 여겼고, 때문에 사명감을 가지고 임했다. 그녀의 판단은 한 치의 오차도 있을 수 없었다.

하지만 나 박사의 제안은 소망의 마음을 움직이지 못하고 있었다. 아니, 아예 소망이란 아이를 제대로 파악하지 못했다. 나 박사는 한 가지 방법밖에 알지 못했다. 겁박과 회유를 번갈아 제시하기. 그것은 그녀 자신이 경험한 일이기도 했다. 나 박사를 직접 선택한 미래박사 공대성은 그녀의 최대 약점을 파고들었다. 실패할지도 모른다는 불안감. 겁박과 회유는 모두 그 약점에 최대의 효과를 발휘했다. 결국 나 박사는 굴복하고 말았다. 지금 그녀는 소망 또한 그렇게 될 거라 생각했다.

"말해 봐요. 어떤 미래를 갖고 싶은지. 재벌? 대통령? 과학자? 의사? 세계적인 스타는 어때요? 가수나 배우. 아니면 창조자? 그것도 좋죠. 내가 가 보지 못한 더 좋은 길을 걸어갈 수 있을 테니까."

하나같이 소망이 한 번도 꿈꿔 보지 못했던 미래였다. 소망은 시선을 내리깔고 냉담하게 물었다.

"그 '거의' 완성된 기술이 실패하면 어떻게 되는 거죠?"

나 박사가 뭔가 대답하려 했지만, 소망이 기회를 주지 않고 말을 이었다.

"또 다른 실험 대상을 찾겠죠. 우주연을 버리고 저에게 접근한 것처럼."

소망은 눈을 들어 나 박사를 노려보았다. 나 박사는 싸늘하게 웃으며 되물었다.

"내 제안이 마음에 안 든다면, 어떻게 하고 싶은 거예요? 그냥 이대로 세상을 파멸시키고 싶은 건가?"

소망의 인내심이 한계에 도달했다. 그의 머릿속은 비명을 지르고 있었다. 멋대로 남의 미래를 결정지은 것도 모자라서, 이제는 내 미래를 두고 실험하겠다고? 도대체 누구 맘대로? 소망이 참지 못하고 다시 한번 고함을 내지르려는 순간, 전화벨이 울렸다. 연구실에 배치된 내선 전화였다. 전화벨 소리에 대화가 잠시 끊겼다. 조용히 앉아 있던 시술자가 수화기를 들었다. 잠시 아무 말 없이 수화기를 귀에 댄 시술자는 뭐라고 상대방에게 말하는 것 같더니, 탐탁지 않다는 표정으로 고개를 돌렸다. 그가 소망을 향해 수화기를 내밀며 말했다.

"너한테 온 전화야."

소망은 미간을 찌푸렸다. 이건 또 무슨 소리지? 자신이 여기 있다는 걸 아는 사람은 아무도 없었다. 순간적으로 엄마의 얼굴이 떠올랐지만 그럴 리 없었다. 엄마는 야근 중이었다. 아직 집에 돌아왔을 리 없었다. 일단 소망은 시술자 쪽으로 걸어가 조심스레 수화기를 건네받았다.

"여보세요?"

"말하지 말고 그냥 듣기만 해."

수화기 너머로 들리는 목소리는 써니였다. 써니는 8층 어딘가에 갇혀 있었다. 소망이 여기까지 올 줄 알고 있었던 것이다. 소망은 써니의 말대로 입을 다물었다. 그는 이제 알았다. 써니의 예언이 모두 진짜라는 걸 말이다.

써니는 백화점에서 요원들에게 붙들려 투자청으로 끌려왔다. 그동안 써니에게 골탕을 먹었던 투자청은 약이 바짝 올라 있었다. 도주 위험이 높다는 이유로 당분간 써니를 투자청에 억류하기로 했다. 투자청에는 공식적으로 그런 권한이 없었지만, 이곳은 투자청 8층이었다. 무슨 일이든 나 박사의 권한으로 가능하게 되는 곳이었다. 써니는 그 사실을 알고 있었다. 그래서 그들에게서 도망치지 않고 한 번 맞서 보려 했다. 그리고 슬슬 한계에 다다르던 중이었다.

써니 앞에는 산더미 같은 과제물이 주어졌다. 전부 다 써니가 예언해야 하는 일들이었다. 연구원들은 써니에게서 예언을 '뽑아내기' 위해 애썼고, 써니는 그것을 거듭 거부했다.

연구원들은 집요했다. 끝날 줄 모르던 기나긴 실랑이에 지쳐 있던 써니는 별안간 소리를 내서 웃었다. 그녀와 마주 앉아 있던 남자 연구자가 그녀에게 물었다.

"왜 웃지?"

"전화 한 통이면 난 여기서 나가게 될 거니까요. 이제 시간이 됐거든요."

연구자들은 코웃음을 쳤다. 외부에 전화하는 건 불가능하다고 했다.

"아무리 예언자라도 그건 너무 심한 허풍 아닌가?"

써니는 내기를 제안했다. 내선 전화 한 번이면 저 문이 저절로 열릴 것이라고 말이다.

"만약에 내가 틀리면, 오늘 안에 여기 쌓인 예언들 다 처리해 줄게요."

연구자들은 써니가 무슨 꿍꿍이가 있으리라 생각하고 움직이지 않았다. 써니는 어쩔 수 없다는 듯 예언했다. 지금 파멸자가 이곳에 와 있고, 빨리 연락하지 않으면 연구소장이 위험에 빠질 거라고 말이다.

"예언자인 제가 직접 경고하지 않으면 파멸자는 멈추지 않을 겁니다. 지금 이거 예언하는 거예요. 나중에 내 예언을 무시했다는 책임을 지고 싶으신가요?"

연구원들은 어쩔 수 없이 연구소장실로 전화를 걸었다. 그들은 시술자에게 연구소장이 안전한지를 물었다. 그들은 써니의 예언을 들려줬고, 시술자는 소망을 저지하기 위해 곧장 전화를 바꿔 주었다. 나 박사는 의아해했지만 시술자가 눈짓으로 잠자코 있어 보라고 신호를 했다.

"말하지 말고 듣기만 해. 난 네가 무슨 행동을 할지 다 알고 있어."

써니의 말은 앞으로 일어날 일에 대해 경고하는 것처럼 들렸다. 하지만 실은 자신의 위치와 자신을 구할 방법을 소망에게 줄줄이 알려 주는 것이나 마찬가지였다. 써니는 소망이 전혀 계획하지 않았던 일들을 자세히 말해 주고는 마지막에 덧붙였다.

"네가 그런 짓을 할 거란 걸 경고하려는 것뿐이야. 난 다 알고 있어. 절대 어리석게 행동해서는 안 돼. 알겠지? 내 말 똑바로 듣는 게 좋을 거야. 절대로 어리석게 행동하지 마!"

말을 마친 써니는 태연하게 전화를 끊었다. 연구원들은 뭐가 어떻게 돌아가는 건지 알 수가 없었다. 한편 소망은 써니의 말을 알아듣긴 했지만, 자신이 그녀가 제안한 방법대로 할 수 있을지 확신이 서지 않았다. 그래도 그는 해 보기로 마음 먹었다. 왜냐하면 이제는 예언을 믿었기 때문이다. 소망은 전화가 끊긴 뒤에도 잠시 동안 수화기를 들고 때를 기다렸다.

"무슨 전화야? 뭔데 내선으로 전화가 오지?"

나 박사가 의문을 참지 못하고 마침내 질문했을 때에야 시술자는 뭔가 일이 이상하게 돌아가고 있음을 눈치챘다. 시술자가 소망에게 다가가 수화기를 빼앗으려고 했다. 그리고 그 순간, 소망은 시술자의 얼굴 쪽으로 수화기를 던졌다.

"억!"

시술자가 반사적으로 손을 뻗어 수화기를 잡았다. 그사이 소망은 시술자의 가운 주머니에서 권총을 빼 들고 시술자의 가슴을 겨눴다. 아까 시술자가 소망을 겨누었던 바로 그 고무탄 총이었다. 소망이 총구를 시술자의 가슴에 누르며 말했다.

"M구역 502호가 어디죠? 거길 좀 가야겠는데."

소망은 놀란 나 박사를 슬쩍 보며 말했다.

"이 정도 거리에서 쏘면 충분히 죽는다는 거죠?"

나 박사는 골치 아프다는 듯 볼펜으로 머리를 긁었다.

19

8층 가장 후미진 곳에 써니가 갇힌 방이 있었다. 소망은 시술자를 앞세워 그 방문을 열게 했다. 문을 열자 후텁지근한 공기가 느껴졌다. 그곳은 좁고 밖이 보이지 않는 벽으로 둘러싸여 있었다. 문이나 벽도 다른 연구실보다 두꺼웠다. 써니는 문이 열리자마자 밖으로 나왔다. 그런 써니 뒤로 눈이 휘둥그레진 연구원의 얼굴이 보였다. 밖으로 나온 써니는 소망에게 말했다.

"혹시 사탕이나 초콜릿 같은 거 없지?"

연구자들은 그녀가 단걸 먹으면 예언할 수 없다는 걸 알고 일체 단것을 주지 않았다. 그들은 써니에게서 어떻게든 많은 예언을 뽑아내려고 수많은 질문을 했다. 정치, 경제, 국제사회, 자연재해, 예술과 학문에 대해서도. 하지만 써니는 굳게 입을 닫고 어떤 예언도 하지 않았다. 그녀는 자판기가 아니었다. 그녀가 알 수 있는 미래는 한정적이었다. 그나마 소망의 미래에 지나치게 간섭했다고 느낀 이후로는 쉽게 예언하지 않겠다고 다짐하기도 했다. 자신이 개입했을 때 어떤 파장을 일으킬지 알 수 없었기 때문이다. 그리고 무엇보다 그녀는 자신을 간편하게 이용하려는 투자청에 화가 났다. 자신을 인간으로 대하지 않는 이상 협조할 생각은 없었다. 하지만 연구원들은 엉뚱한 회유책만 늘어놓았다. 꽃미남 아이돌을 만나게 해 주겠다는 제안부터, 호화로운 집에서 살게 해 주겠다는 등, 예언 하나당 얼마를 주겠다는 등…… 그들은 자신이 대하는 사람이 자존감을 지키려 분투하고 있다는 사실을 끝내 알지 못했다. 하지만 그러는 동안에도 수없이 많은 예언이 써니의 머릿속을 어지럽히고 있었다. 생각하지 않으려 할수록 생각은 꼬리에 꼬리를 물고 이어졌다. 그녀의 얼굴은 하얗게 질려 있었고, 온몸은 식은땀에 젖어 있었다.

소망은 써니의 상태가 상당히 나쁘다는 걸 알았다. 하지만 그에게 초콜릿이나 사탕이 있을 리 없었다. 소망이 할 수 있는 일이라곤 시술자를 앞세워 조금이라도 더 빨리 여기를 빠져나가는 것이었다.

"나 지금 머리가 너무 아파. 예언이 멈추질 않는다고."

가쁜 숨을 들이쉬며 써니가 말을 이었다.

"당장이라도 이 사람들이 원하는 예언을 해 버릴 것만 같아. 근데, 나 정말 그러고 싶지 않아. 절대."

"조금만 참아, 여기서 나가면 내가 진짜 단거 사 줄게. 그래, 케이크! 케이크 사 줄게."

"이 시간에 케이크를 파는 곳은 편의점밖에 없을 거야. 제대로 된 케이크가 아니란 말이지. 그나마 다 팔리고 없을 확률이 커. 세상엔 단맛에 의지해 살아가는 사람이 많거든."

써니는 자신이 무슨 말을 하는지도 알지 못하고 중얼거렸다. 두 사람은 시술자를 앞세워 복도를 빠르게 이동했다. 모든 연구자의 시선이 그들을 향하고 있었다. 그들은 하나둘씩 자신의 연구실에서 나와 복도를 지나는 소망과 써니, 그리고 시술자를 바라보았다. 그들의 시선에는 적대감보다 놀라운 호기심이 묻어났다. 그들은 그 순간까지도 소망과 써니를 흥미로운 연구 과제로 취급하고 있었다. 그런 의도를 모두 파악하지 못했는데도 소망은 그 시선이 충분히 불쾌하게 느껴졌다. 그는 시술자의 뒤통수에 대고 있던 총구를 더 깊이 밀어 댔다. 시술자의 걸음이 빨라졌다.

"어? 도넛이다!"

써니가 한 연구실 안에서 도넛 상자를 발견하고야 말았다. 그녀는 소망이 말릴 새도 없이 연구실 안으로 돌진했다.

"써니야, 안 돼! 내가 밖에 나가서 사 줄게, 그냥 가자! 써니야!"

써니는 기어코 도넛 상자를 손에 쥐고 연구실을 나왔다. 다행히도 상자 안에는 다섯 개의 도넛이 남아 있었다. 써니는 그중 두 개를 입안으로 밀어 넣고는, 눈을 감고 한참 맛을 음미했다. 시술자는 그런 써니를 보고 비웃었다.

"탕비실에 데려다주면 아주 눌러살겠네."

"탕비실에 도넛이 많아요? 좋은 직장이다!"

시술자의 말에 써니가 관심을 보이자, 소망은 시간이 더 지체될까 봐 불안해졌다.

"시끄러워요, 빨리 움직이기나 해요!"

승강기 앞에 도착했을 때는 마지막 도넛 하나만 남은 상태였다. 시술자의 출입증으로 승강기를 작동시킬 수 있었다. 액정 화면에 위쪽을 가리키는 화살표가 나타났다. 숫자가 1부터 천천히 올라가기 시작했다. 소망과 써니는 승강기를 등지고 사람들을 경계했다. 승강기 앞에는 연구자들이 멀찌감치 서서 소망과 써니를 둘러싸고 있었다. 그들 뒤쪽으로

나 박사의 모습도 보였다. 누군가 다가와 나 박사에게 귓속
말하자 그녀는 진지한 표정으로 고개를 끄덕였다. 소망은 나
박사의 명령만 받으면 이들이 자신을 제압할 수 있다는 걸
알았다.

"물러서요! 물러서! 가까이 오면 쏩니다!"

소망은 시술자의 뒤통수를 겨눈 총구를 때때로 사람들을
향해 치켜들었다. 어느 방향에서 자신을 공격할지 알 수 없
어 소망은 모든 신경을 곤두세웠다.

"팅!"

마침내 승강기가 도착한 소리가 들렸고, 문이 열리자 둔탁
한 소리와 함께 소망이 바닥에 쓰러졌다. 써니가 비명을 질
렀다. 승강기에는 브로커가 타고 있었다. 그는 방금 곤봉으
로 소망의 머리를 내리친 참이었다. 소망이 바닥에 쓰러지며
떨어뜨린 고무총을 시술자가 잽싸게 멀리 차 버렸다. 써니는
브로커에게 붙잡히고 말았다. 시술자는 정신을 잃은 소망을
일으켜 세웠다. 연구자들 사이에서 안도하는 소리가 들렸다.
그리고 박수갈채가 이어졌다. 나 박사는 못 볼 꼴을 봤다는
듯 고개를 절레절레 내저었다.

"억!"

어느새 정신을 차린 소망이 시술자의 얼굴을 머리로 들이

받았다. 그리고 재빨리 브로커의 허리춤에 꽂힌 권총을 뽑아 브로커의 머리에 겨눴다.

"당장 놔줘!"

이번에는 고무탄 총이 아니라 실탄 총이었다. 브로커는 두 손을 들고 순순히 써니를 놔줬다. 주변에 팽팽한 긴장감이 맴돌았다. 소망은 다른 쪽 손으로 머리를 만져 피가 나지는 않았는지 확인했다. 다행히 손에는 아무것도 묻어나지 않았다. 상황이 심상치 않자, 나 박사가 앞으로 나섰다. 시술자는 코를 움켜쥐고 부축을 받으며 뒤로 물러났다. 그의 코에서 피가 흐르고 있었다.

"백소망 학생. 이러지 맙시다. 이럴수록 소망 학생만 불리해져요. 어차피 붙잡히게 될 거란 거 알잖아요. 파멸자는 국가에서 관리해야 한다고요."

"파멸자, 파멸자…… 도대체 누구보고 파멸자라는 거야!"

소망은 참았던 분노를 터뜨렸다. 그의 고함에 옆에 있던 써니가 깜짝 놀랐다. 써니는 단것을 잔뜩 먹느라 이 상황까지 예측하지 못한 것이다.

"난 파멸자가 아니야! 당신이 날 이렇게 만든 거잖아!"

"자, 그렇게 흥분할 일이 아닙니다. 진정 좀 하고. 그래서 내가 제안했잖아요. 내가 다시 되돌릴 수 있어요."

소망은 총구를 돌려 나 박사의 머리를 겨눴다. 모두가 놀라 조용해졌다. 소망의 기세에 놀란 써니가 말했다.

"소망아, 나가자. 이러지 말고 나가자고."

써니가 소망의 팔을 잡아당겼지만, 소망은 굳건히 그 자리를 지키고 있었다. 그리고 말했다.

"써니야, 내가 사람을 죽일 거라고 했지? 네 말이 맞았어. 나 지금 이 사람을 죽일 거야."

"말도 안 되는 소리 하지 마!"

"저 사람이 날 파멸자로 만들었어. 이제 내 운명은 바뀌지 않는대."

"넌 파멸자지 살인자가 아니야!"

나 박사는 실망한 얼굴로 소망을 보며 말했다.

"아쉽네. 너도, 실패작이구나."

소망의 눈에 눈물이 고였다. 방아쇠에 놓인 소망의 손가락에 힘이 들어갔다. 써니가 소망의 옆에 바짝 붙어 말했다.

"잠깐! 그래, 내가 그런 예언을 했었지. 넌 사람을 죽게 할 거야. 하지만 네 손으로 직접 죽인다고는 안 했어. 여기서 이런 방식으로 죽이는 건 더더욱 아니고. 내 말을 믿어. 넌 이런 애가 절대 아니야."

소망은 부들대는 총구를 가까스로 내렸다. 그리고 나 박사의 눈을 똑바로 바라보며 말했다.

"난 실패작이 아니에요."

소망은 천장을 향해 총을 쐈다. 굉음과 함께 사람들이 물러섰고, 이때를 틈타 소망과 써니는 승강기를 타고 버튼을 눌렀다. 승강기 문이 닫히며 움직이기 시작했다.

3부

어차피 세상은 언젠가 망해

20

자율주행 차를 타고 도망치던 소망과 써니는 중간에 차를 버렸다. 추적당할까 봐 두려웠던 것이다. 두 사람은 우선 써니의 집이 있는 대박동으로 가기로 했다. 원래는 공장 단지가 있던 동네였는데 공장들이 문을 닫자, 사람들이 방치된 공장을 공동 주택으로 개조해 살고 있었다. 엄밀히 말하면 불법 점거였지만 정부는 그들을 구제하느니 그대로 두는 게 이익이라고 판단했다. 써니의 말에 의하면 그 덕분에 정부 보안의 사각지대가 생겼다고 했다. 다시 발각되는 건 시간문제였지만 조금이라도 숨을 돌릴 시간은 벌 수 있었다.

소망은 처음 와 보는 동네였다. 거리는 어둡고 지저분했다.

가끔 뉴스에 나오는 범죄 사건의 배경으로만 알려진 곳이었다. 소망은 써니가 이 동네 출신이라는 사실에 놀랐다. 경제적 사정이 특별히 어려워 보인 적이 없었던 탓이다. 써니는 언제나 당당하고 느긋한 태도를 유지했다. 소망은 자신이 써니에 대해 알고 있는 게 거의 없다는 사실을 깨달았다.

두 사람이 한참을 걸어서 도착한 곳은 폐쇄된 여러 공장중 하나였다. 어느 순간부턴가 사람들이 그 안에 불법으로 가게를 차리기 시작했다. 하나둘씩 가게가 들어와서 지금은 커다란 하나의 시장을 이루고 있었다. 옷부터 식재료, 전자제품 등 온갖 것들을 다 사고팔았고, 사이사이에는 간단하게 술과 안주를 파는 식당이 있었다. 늦은 밤이었지만 시장은 사람들로 북적였다. 써니의 할아버지가 이곳 옥상에서 요릿집을 운영하고 계셨다.

써니의 부모님은 써니가 중학생 때 돌아가셨다고 했다. 엄마가 오랫동안 정체불명의 병을 앓으셨다고 했다. 근육이 위축되어 누워 지내야 했고, 밤새 통증에 시달려야 하는 병이었다. 아빠는 어떻게든 엄마의 병원비를 구하려고 열심히 일했다. 하지만 단순직의 봉급으로 엄마의 약값을 충당하기는 어려웠다. 엄마는 결국 손도 제대로 못 써 보고 돌아가셨고, 아빠는 이후 죄책감에 빠져 생계를 이어 나갈 의지를 잃으셨다고 한다. 술에 의존하던 아빠도 곧 병을 얻어 세상을 떠나고 말았다. 써니는 할아버지와 단둘이 남게 되었다. 다행히 할아버지는 나이에 비해 건강하셨고 곧 체육관 안에서 장사를 시작하셨다. 정부에서 나오는 기초생활비만으로는 생활이 어려웠기 때문이다. 써니와 할아버지는 낮과 밤이 뒤바뀐 생활을 하느라 얼굴 볼 시간이 별로 없었다. 써니는 종종 새벽에라도 할아버지가 보고 싶으면 시장으로 왔다. 소망은 잘 알지도 못 하면서 써니에게 도망쳐선 안 되느니 맞서야 하느니 이러쿵저러쿵 말했던 걸 후회했다. 그녀도 힘들게 분투해 왔다는 사실을 알게 됐기 때문이었다.

"할아버지!"

써니가 가게에서 정신없이 꼬치구이에 부채질 중인 할아버지를 불렀다. 할아버지는 활짝 웃으며 써니를 반겼고, 소망은 꾸벅 허리를 굽혀 인사를 했다. 할아버지는 너무 바빠서인지, 손녀의 일에 간섭하지 않으려는 건지 소망의 등장을 대수롭지 않게 여겼다. 그저 고개를 끄덕이며 소망의 인사를 받아 줬을 뿐이었다.

옥상은 선선한 바람이 불어 쾌적했다. 써니는 소망과 함께 가게들 사이에 난 통로를 따라 걸었다. 통로 양옆으로 가게들과 테이블이 어지러이 들어차 있었다. 사람들은 왁자지껄

웃고 떠들었다.

"지금부터 내가 하는 얘기 잘 들어."

소망은 고개를 끄덕였다. 둘의 목소리는 왁자지껄한 분위기 속에 쉽게 묻혔다.

"네가 사람을 죽이게 된다는 말은 그런 뜻이 아니었어."

"그럼 무슨 뜻이야? 직접 죽이지 않는다는 말은 뭐고?"

써니는 잠시 생각하고는 말했다.

"네가 저지른 일 때문에 자살하는 사람들이 생길 거라는 말이야."

"내가 뭘 저지르는데? 멸망을 일으킨다는 말이야?"

소망의 물음에 써니는 가만히 고개를 끄덕였다.

"하지만 난 세상을 멸망시킬 생각이 없어."

"어쩌면 그 말이 맞을지도 모르겠다."

"그게 무슨 말이야?"

"네가 멸망시킬 건, 정확히 말하면 세상이 아니라 투자청의 투자 시스템이야."

소망은 깜짝 놀라 입을 다물었다. 여태껏 그는 자신이 멸망과 아무런 상관이 없을 거라고 생각했다. 하지만 투자 시스템의 멸망이라는 써니의 말을 듣자마자, 그럴 수도 있겠다는 생각이 들었다. 써니의 설명이 이어졌고 소망은 가만히 그 말을 듣기만 했다.

써니의 예언에 의하면 소망은 미래에 테러를 일으켜 투자 시스템을 파괴할 운명이었다. 소망이 사람을 죽일 거라는 말은 그때 투자 시스템이 무너지면서 실의에 빠진 몇몇 투자자들이 자살을 선택할 거라는 말이었다. 수많은 투자자의 투자금이 휴지 조각이 될 터였고, 시스템에 온전히 의지하고 있던 경제 전체가 무너질 터였다. 그야말로 써니가 말하던 '멸망'이었다. 한국의 생활 수준은 50년 이상 후퇴할 예정이었다. 소망은 멍하니 써니의 말을 들었다. 그의 심장이 점점 빠르게 뛰었다.

"그게 내가 너에게 도움을 요청한 이유야. 내가 본 미래에서는 너만이 그걸 파괴할 수 있으니까."

"잠깐, 그럼 내가 파멸자라는 말은……."

"무엇을 파멸할 것인지가 문제인 거지. 투자청 입장에서 보면 넌 파멸자가 맞아. 하지만……."

"파멸자가 아니야. 그렇지?"

써니는 고개를 끄덕였다.

"하지만 네가 왜 투자 시스템을 파멸시키는지는 모르겠어. 처음에는 단순히 투자를 못 받아서 앙심을 품는 게 아닐까 싶었는데, 그것만으로는 말이 안 돼."

소망은 고개를 끄덕이며 말했다.

"투자가 세상을 망치고 있기 때문이야."

이번에는 써니가 놀란 눈으로 소망을 봤다.

"분명해. 난 알 수 있어. 투자가 우리를 모두 괴물로 만들었어. 우리가 살아남기 위해서는 그걸 없애야 한다고 생각한 거야."

"너…… 언제부터 그런 생각을 한 거야?"

써니의 물음에 소망은 가만히 생각했다. 그리고 희미하게 깨달을 수 있었다.

"아주아주 옛날부터. 나 자신도 그런 생각을 하고 있는지 몰랐지만 말이야."

두 사람은 잠시 생각에 빠졌다. 써니는 소망의 마지막 말을 계속 곱씹었다. 그리고 소망도 자신의 마지막 말을 곱씹었다. 그는 예언과 현실이 드디어 연결되는 기분이 들었다. 소망은 흥분해서 물었다.

"왜 진작 그렇게 말해 주지 않았어? 처음부터 그렇게 말했으면 좋았잖아!"

"넌 내가 무슨 말을 해도 믿지 않았을 거야. 그건 너도 인정해야 해."

소망은 입을 다물었다. 실제로 그랬다. 앞선 모든 과정이 없었다면 소망은 절대로 써니의 예언을 믿지 않았을 것이다. 소망은 천천히 고개를 끄덕였다.

"난 이제 네 예언을 믿어. 이제 모든 게 이해됐어. 난 파멸자가 될 거야. 그건 운명이기에 앞서 내 의지이기도 해. 아니, 그 둘은 어쩌면 하나인 거야…… 그렇지 않아? 암튼, 그런 미래는 파멸되는 게 나아. 앞으로는 그 누구도 자기 미래를 조작당해서는 안 돼. 내가 그걸 다 파괴할 거야."

소망은 점점 더 흥분하고 있었다. 써니는 가만히 소망이 스스로 생각을 정리하도록 기다렸다.

"난 파멸자지만 파멸자가 아니야. 누군가에겐 파멸자이겠지만. 난 단지 파멸해야 할 걸 파멸할 뿐인 거야. 그렇지? 그건 파멸이 아니야. 미래를 구하는 거지."

"맞아. 그래서 난 널 파멸자가 아니라 '구원자'라고 부르는 게 맞다고 생각해. 투자청의 분류에는 없는 이름이지만 말이야."

소망은 깜짝 놀랐다. 구원자라는 세 글자가 소망의 마음속 빈자리에 마지막 퍼즐처럼 빈틈없이 자리 잡았다. 소망은 처음 투자 대상자로 결정되던 때보다 자신이 더 흥분하고 있음을 깨달았다. 그는 이제야 진짜 꿈을 갖게 된 것이다. 오랫동안 그걸 원해 왔다는 사실조차 몰랐던 꿈이었다. 소망은 그 순간, 운명의 일부분을 엿본 것만 같은 기분이 들어 등줄기를 따라 소름이 돋았다. 졸업시험 합격을 기뻐했던 그때, 소망은 과연 이런 미래를 상상할 수 있었을까. 그는 머리가 아찔해졌다. 조금 전에 사람을 죽이기 직전까지 갔었다는 사실이 떠오른 것이다. 그는 침착하려 노력했다.

"네가 그랬지? 내가 투자를 받지 못했을 때 세상을 멸망시킬 거라고. 그렇다면…… 난 투자만 안 받으면 돼. 투자가 결정된 건 아니잖아. 투자를 받지 않으려면…….."

그때 써니가 조심스럽게 소망의 말을 끊었다.

"그건 그런데 말이야, 사람들은 모두 너에게 투자하려고 할 거야. 내 예언에 의하면……."

"잠깐! 거기까지!"

소망은 손을 들어 올려 써니의 말을 가로막았다. 걸음까지 멈춘 소망은 단호하게 써니를 바라봤다. 써니는 놀라지 않았다. 이미 예언 속에서 봤던 눈빛이었기 때문이다. 그녀가 가장 두려워하는 순간이 찾아오고야 말았다.

"부탁이야. 더 이상 말하지 말아 줘. 앞으로 다시는, 다시는 나한테 미래를 예언하지 말아 줘. 이제 충분하니까."

"아니, 소망아, 그건 그래도……."

소망은 고개를 가로저었다. 써니는 더 이상 말을 이을 수가 없었다.

"다른 사람이 내 미래를 멋대로 정하는 거, 이제는 정말 지긋지긋해. 내 미래는 내가 정해. 그게 세뇌든 뭐든 난 용납할 수 없어."

써니는 가만히 소망의 눈을 바라보았다. 소망의 눈은 예언에서 본 대로 반짝이고 있었다. 써니는 미래를 알고 있었다. 하지만 그 눈을 바라보고 있자니, 미래를 안다는 게 아무런 의미가 없는 것처럼 느껴졌다. 써니는 그 눈을 믿어 보고 싶어졌다. 그녀는 매번 운명 앞에 무기력했다. 하지만 이번만큼은 운명에, 그 정해진 미래에 대항해 보고 싶었다. 소망과 함께라면, 왠지 할 수 있을 것 같은 기분이 들었다. 써니는 힘겹게, 하지만 확실한 어투로 말했다.

"알겠어. 앞으로 절대, 절대로 예언하지 않을게. 같이 이 시스템을 깨부숴 보자."

두 사람은 벌써 몇 바퀴째 옥상을 걷고 있는지 알 수 없었다. 그리고 그 뒤로 얼마나 더 걸었는지도 알 수 없었다. 앞으로 뭘 해야 할지 두 사람은 계속해서 이야기를 주고받았다. 투자일이 바로 내일이었다. 뭘 어떻게 해야 투자를 받지 않을 수 있을까, 사람들의 마음을 돌릴 수 있을까. 어쨌거나 소망은 계속해서 생각했다. 절대로 실패작이 되지 않겠다고 말이다. 소망의 생각에 실패작은 나 박사였다. 이익을 위해 사람의 인생을 마음대로 다루는 것, 그것은 끔찍한 실패였다. 인간의 능력과 운명은 그런 식으로 다뤄져서는 안 됐다. 하지만 모든 사람이 나 박사가 만든 생각에 빠져 있었다. 소망은 그 생각을 물리치는 것만이 자신이 실패작을 면하는 일이라 생각했다. 그리고 소망은 마침내 그 방법을 생각해 냈다. 소망은 소지품을 챙기기 위해 써니와 헤어져 집으로 향했다. 그는 날이 밝으면 곧장 써니와 함께 움직일 생각이었다.

21

    소망은 시장 상인의 도움으로 집 근처까지 차를 타고 올 수 있었다. 그는 빌라의 낡은 지하실을 통해 집으로 조용히 들어왔다. 지하실로 통하는 개구멍은 빌라 주민들도 모르는 경우가 많았다. 혹시라도 잠복하고 있을 요원들을 피하기 위함이었다.

    소망은 숨을 죽이고 집 안으로 들어섰다. 투자청 요원들도 무서웠지만, 그보다 엄마가 더 무서웠다. 밤을 꼬박 새울 동안 연락을 못 했던 것이다. 엄마에게서도 연락이 오지 않았는데, 소망은 그게 더 무서웠다. 그런데 현관에 들어서자 의외의 모습이 펼쳐졌다.

"소망아, 백소망. 엄마가 좋은 말 할 때 이리 와. 엄마 물 좀 떠다 줘. 백소망!"

정안은 술에 취해 소파에 누워 있었다. 혀 꼬인 말투로 계속해서 닫힌 방문을 향해 소망의 이름을 부르면서 말이다. 심지어 집에 들어온 지 얼마 되지 않은 것 같았다. 신발은 현관을 벗어나 뒹굴고 있었고, 소파 옆에 겉옷이 아무렇게나 팽개쳐져 있었다. 소망은 재빨리 부엌으로 가 시원한 물을 한 잔 가져왔다.

"엄마, 물 여기 있어. 어서 마셔."

소망이 엄마의 머리를 일으켜 물을 마시게 도왔다. 정안은 단숨에 절반 이상을 비웠다.

"너! 엄마가 얼마나 불렀는데 지금 나와?"

정안은 취한 덕분에 소망이 지금 집에 들어온 것도 몰랐다. 그제야 안도한 소망이 과장된 말투로 엄마에게 잔소리했다.

"술도 못 마시는 사람이 무슨 술을 이렇게 많이 마셨어?"

"내가 안 마신다고 했는데, 엄마 직장 사람들이, 아들 투자받는다고. 축하한다고 회식하자고 그러잖아."

"그래서 얼마나 마셨는데?"

"몰라. 석 잔 정도 마셨나."

정안은 눈도 제대로 못 뜨고 말했다. 소망이 알고 있는 엄마의 주량은 맥주 한 잔이었다. 그것만으로도 몸을 제대로 못 가눴는데, 석 잔이라니. 소망은 담요를 가져다 엄마의 몸 위에 덮었다.

"뭘 그렇게 많이 마셨어?"

"좋잖아. 우리 아들 출세하고. 축하한다, 아들."

소망은 그렇게 말해 주는 엄마 때문에 기분이 좋기도 하고, 슬프기도 했다. 정안은 잠에 빠져들면서도 계속해서 중얼거렸다.

"투자받으면 우리 빚에서도 벗어나고…… 내가 그 인간만 안 만났어도 너나 나나 이 고생 안 하는 건데…… 엄마가 미안하다……."

정안의 목소리가 잦아들고 코 고는 소리가 나기 시작했다. 소망은 잠시 그런 엄마의 얼굴을 바라보았다. 엄마의 미간 사이에 깊은 주름이 잡혀 있었다.

투자일의 아침이 밝았다. 이제 투자까지 열 시간이 채 남지 않았다. 투자는 오후 4시에 예정돼 있었다. 그때 일제히 전 국민의 투자가 이뤄질 터였다. 소망과 써니는 날이 밝자마자 우주연을 찾아간 참이었다. 주연의 집 앞에서 소망은 자신의 계획을 말하고 도움을 청했다. 주연은 흔쾌히 그 제

안에 응했다. 소망이 주연에게 부탁한 것은 자신의 주장을 뒷받침해 주는 인터뷰 영상이었다.

주연은 더 이상의 투자 캠페인을 포기한 상태였다. 지칠 대로 지쳤고, 주연의 아빠는 병원에 입원한 상태였다. 덕분에 소망이 제안했을 때 주연은 자신의 의지대로 결정할 수 있었다. 그녀는 앞으로도 그 상태를 양보할 생각이 없어 보였다. 아빠가 뭐라고 하든 말이다.

"나도 투자 시스템이 없어져야 한다고 생각해."

소망은 판을 뒤엎을 열쇠를 쥐고 있었다. 그것은 그가 촬영한 사교육 시술 영상이었다. 거기에는 브로커와 시술자의 얼굴이 고스란히 담겨 있었다. 그들이 투자청 직원이라는 사실까지 밝힐 생각이었다. 소망은 영상에 직접 출연해 투자청의 시스템이 사기임을 주장할 것이다. 그리고 소망의 주장을 뒷받침하기 위한 증인으로 우주연이 나선다면 더할 나위 없었다.

"백소망 군의 말은 모두 사실이고, 그가 아니었다면 저와 제 아버지는 목숨을 잃고 말았을 겁니다. 백소망은 절대 파멸자가 아닙니다. 그는 시스템이 낳은 피해자일 뿐입니다!"

이것은 당장 투자를 받지 않는 정도가 아니라, 투자청 시스템 자체를 무너뜨리는 일이었다. 소망은 먼 미래가 아니라, 지금 당장 시스템을 무너뜨릴 수 있다고 생각했다. 자신의 소명을 깨달은 이상, 먼 미래까지 기다릴 필요가 없었던 것이다.

그렇게 자신만만한 소망 옆에서 써니는 표정이 밝지 않았다. 써니는 요원들이 곧 자기들을 찾아낼 거라는 걸 알고 있었다. 그리고 그들의 목표는 써니 자신과 소망의 휴대폰에 든 영상이라는 것까지도 알았다. 그리고 이후에 이 모든 계획이 실패로 돌아갈 것이란 것도 일찌감치 알고 있었다. 하지만 그런 사실을 소망에게 말할 수는 없었다. 소망이 예언이라면 입 밖으로 꺼내지도 못 하게 했기 때문이다.

이 모든 게 어젯밤, 예언을 하지 말아 달라고 말하던 소망의 눈 때문이었다. 그러지 말았어야 했는데, 하고 써니는 생각했다. 하지만 그 눈빛 앞에서 잔인한 미래를 예언할 수는 없었다. 그런 눈을 가진 사람이라면 믿고 싶어진다. 운명마저 바꿀 수 있다고 말이다. 하지만 써니는 실패 이후 소망이 좌절할 걸 생각하면 마음이 아팠다. 그 고통을 조금이라도 줄여 주고 싶었다. 그래서 써니는 계속해서 어떻게 소망을 도울 수 있을까 고민했다.

그들을 기다리고 있는 결말은 실패였다. 소망은 끝내 투자

받게 될 터였다. 그 이후는 아직 알 수 없었다. 투자를 받기 직전까지 너무나도 많은 경우의 수가 존재했기 때문이다. 지금 분명한 건 소망이 투자받게 된다는 사실 하나뿐이었다. 소망은 그런 줄도 모르고 영상이 잘 찍혔다며 흥분하고 있었다. 그의 긍정 스위치는 내려올 줄 몰랐다. 써니는 초조해졌다.

"소망아, 인제 그만 가자. 시간이 너무 지났어."

그제야 소망은 투자청 요원들이 가까이 다가와 있다는 것을 깨달았다. 써니와 소망은 주연에게 작별 인사를 하고 급히 자율주행 차로 이동했다. 소망이 차에 오르며 말했다.

"투자청이 차량 위치를 항상 파악하고 있을 거라고 하지 않았어? 계속 차로 이동하는 건 위험할 것 같아."

"아니야. 상관없어."

"어째서?"

소망의 물음에 써니는 대답하지 않고 조용히 차를 출발시켰다. 그녀는 목적지를 입력하고, 속도를 한계치까지 끌어올렸다. 소망이 기다리지 못하고 물었다.

"뭐 하는 거야? 어디로 가는 거고?"

써니는 조용히 말했다.

"지금은 그냥 가자. 내가 나중에 얘기해 줄게."

"써니야!"

소망은 화가 났다. 써니가 다시 예언에 따라 움직이고 있다는 걸 눈치챈 것이다.

"약속했잖아. 제발 투자가 끝날 때까지만이라도 예언에서 자유롭게 해 줄 수 없어?"

굳은 표정의 써니는 말이 없었다. 소망은 써니를 계속 설득했다.

"난 할 수 있어. 난 반드시 성공시켜. 무슨 일이 있어도 해 낼 거야."

"나도 그러길 바라."

써니가 고개를 들어 소망을 봤다.

"그러니까 죽을힘을 다해 도망쳐. 절대로 붙잡히지 마."

말이 끝나기가 무섭게 써니는 출입문을 비상 개방했다. 경고음이 요란하게 울렸다. 써니는 최고 속도로 달리고 있는 자동차에서 밖으로 몸을 던졌다.

"써니야!"

써니는 순식간에 소망의 시야에서 사라졌다. 소망이 뒤쪽 창을 통해 보니 도로 위를 데굴데굴 구르는 써니가 보였다. 소망을 쫓고 있던 투자청 요원들의 차량 두 대가 차례대로 급정거했다. 소망은 써니가 시간을 끌기 위해 일부러 차에서 뛰어내린 것을 깨달았다. 그녀가 굳이 차량으로 이동하기를 주장한 것도 그것 말고는 방법이 없었기 때문이었다.

"으휴, 저 미련퉁이!"

써니의 의도를 알아챈 소망은 버럭 성질부터 냈다. 써니가 많이 다쳤을까 봐 너무 걱정됐고, 써니에게 진심으로 미안하기도 했다. 위험한 방법을 쓴 써니에게 화가 나기도 했고, 써니를 그렇게 만든 자신이 싫기도 했다. 그 복잡한 감정을 표현할 방법이 없어 그만 소리를 지르고 만 것이다. 소망은 비상 개방된 차 문을 닫고 자세를 고쳐 앉았다. 그리고 당장에 휴대폰을 꺼내 자신의 영상을 녹화하기 시작했다. 원래는 생방송을 할 생각이었지만 그럴 여유는 없어 보였다.

"투자청은 예언을 하는 게 아니라 미래를 제한하고 있습니다. 그들은 미래를 조작하고 있어요! 이 모든 건 사기라고요!"

써니가 벌어 준 시간을 낭비할 수는 없었다. 이제 곧 소망까지도 요원들에게 잡히고 말 것이었다. 영상을 녹화한 소망은 시술 장면과 주연의 인터뷰를 모두 붙여 하나의 파일로 만들었다. 그리고 자신의 SNS 계정에 올리기 시작했다.

— 오프라인 상태. 인터넷 접속을 확인하세요.

뭔가 이상했다. 소망의 휴대폰이 인터넷과 연결이 되지 않았다. 소망은 투자청이 접속을 차단했음을 알아챘다. 갑자기 눈앞이 깜깜해졌다. 이대로 끝이란 말인가. 차량은 여전히 최고 속도로 이동 중이었다. 그리고 두 대의 투자청 차량이 쫓아오고 있었다. 소망은 단순하게 물고기만 쫓아가던 때를 생각했다. 그에겐 지금 간절하게 쫓아갈 물고기가 필요했다. 그는 누구에게라고 할 것 없이 속으로 되뇌었다.

'제발 도와주세요! 여기서 잡힐 수는 없어요. 물고기를 보여 주세요! 제발!'

22

그렇게 몇 번이나 되뇌고 있던 그때, 소망은 저만치 앞에서 익숙한 얼굴을 발견했다. 우식이 길을 걸어가고 있었다. 소망의 차량이 요란한 소리를 내며 급정거했다. 차 문이 열리고 소망이 튀어나와 우식을 붙들었다.

"왁! 뭐야! 백소망!"

"휴대폰. 휴대폰!"

소망은 앞뒤 설명도 없이 우식에게 휴대폰을 내놓으라고 닦달했다. 우식은 얼결에 자신의 휴대폰을 건넸고, 소망은 곧장 자신의 영상 파일을 우식의 기기로 옮겼다. 투자청 차량이 가까워지고 있었다. 소망은 급히 주변을 둘러보았다.

공교롭게도 그곳은 소망과 써니가 예언을 실험했던 기차역 앞 광장이었다.

'설마, 일부러 여기로 보낸 거야?'

하지만 그런 것을 따질 때가 아니었다. 소망은 동영상 업로드를 실행시켰다. 업로드까지 남은 시간이 30분으로 표시됐다.

"뭐야? 왜 이렇게 느려?"

"응? 아, 나 얼마 전에 휴대폰 잃어버려서. 이건 옛날 폰이야. 임시로 쓰고 있어. 근데 도대체 무슨 일이야?"

소망은 우식에게 휴대폰을 돌려주며 말했다.

"이 영상 다 업로드될 때까지 어디로든 도망쳐. 지금 당장."

"어, 어디로든? 이게 뭔데?"

소망은 심호흡을 하며 침착하려고 애썼다.

"우식아. 승우식."

"음?"

"나중에 너 꼭 잊지 말라고 네가 그랬었지?"

"그랬지."

"지금 이 일을 제대로 하지 못하면 모든 게 끝이야. 무슨 말인지 알지?"

소망의 눈을 바라보던 우식이 정신을 번쩍 차리고 고개를 연신 끄덕였다.

"내가 알 수 없는 곳으로 어디로든 가. 기차든 버스든 지하철이든 상관없어. 어서 가!"

소망은 우식의 등을 떠밀었고, 마치 새총처럼 우식은 튀어나갔다. 그는 무작정 기차역을 향해 뛰기 시작했다. 예상치 못한 속도였다. 그는 긴 다리를 뻗을 때마다 엄청난 거리를 이동했다.

"백소망!"

어느새 도착한 요원들이 차량에서 내리고 있었다. 소망은 기차역과 반대 방향인 버스 정류장을 향해 달려갔다. 투자일은 임시 공휴일이었고, 어디론가 향하는 인파가 엄청났다. 소망은 그 인파 속을 파고들었다. 요원들은 곧 인파에 막혀 소망을 놓치고 말았다. 요원들은 버스 정류장을 둘러싸고 포위망을 좁히기 시작했다. 소망은 틈새를 노려 백화점 쪽으로 있는 힘을 다해 뛰었다.

"저기 있다!"

소망은 기차를 탈까 생각하다가, 우식과 동선이 겹칠 것 같아 지하철을 타기로 했다. 그러다 얼핏 예전 일을 떠올리고 방향을 바꿨다. 소망은 계단을 통해 백화점으로 올라가기 시작했다. 그곳이라면 요원들도 예상하지 못할 거라 생각했다. 예언자가 아닌 이상 거길 상상할 수 있는 사람은 없었다.

2층 여성복 코너. 소망은 곧장 야외정원으로 뛰었다. 그리고 야외정원으로 나오자마자, 한쪽 구석에 쭈그리고 앉아 있던 우식을 발견했다.

"와씨, 깜짝이야!"

"승우식!"

"나 여기 있는 거 어떻게 알았어? 와…… 너 이제 예언도 하는구나?"

소망은 기가 찼다.

"왜 하필 여기로 온 거야!"

"아무래도, 뭐랄까. 등잔 밑이 어두운 법이랄까. 내가 머리를 좀 굴려 봤…….

소망은 다시 눈앞이 캄캄해지는 것을 느꼈다. 고개를 돌려 보니 요원들이 에스컬레이터를 뛰어 올라와 주위를 두리번거리고 있었다. 소망은 우식의 손에 들려 있던 휴대폰을 빼앗아 도망치기 시작했다.

"야, 야! 어디 가!"

요원들의 시선이 소망에게로 집중됐다. 업로드 완료까지 남은 시간 7분. 때마침 승강기 문이 닫히고 있는 게 소망의 눈에 들어왔다. 소망은 쏜살같이 달려가 가까스로 승강기에 올라탔다. 요원들은 간발의 차이로 소망을 놓쳤다. 문이 닫히고, 승강기가 올라갔다. 요원들이 비상계단과 에스컬레이터로 소망의 뒤를 쫓았다.

7층 아동복 코너. 소망은 승강기 문이 열리자마자 무작정 요원들을 피해 뛰기 시작했다. 하지만 그 뒤를 따르는 요원들은 점점 거리를 좁혀 나갔다. 결국 소망은 그를 향해 몸을 날린 요원에 의해 바닥에 넘어지고 말았다. 요원들은 체력적으로 앞서 있었다. 그들은 바닥에 뒹굴며 저항하는 소망을 결박하고 강제로 몸을 뒤졌다. 소망은 몸을 뒤틀며 소리치기 시작했다.

"왜 이래요! 살려 주세요! 도와주세요!"

소동에 놀란 주변 사람들은 소망의 주변을 둘러싸면서도 선뜻 나서지 못했다.

"어머, 파멸자네. 파멸자야."

사람들이 서로 수군거리는 그때, 나이가 지긋한 청소부 아주머니가 나서 요원들을 나무랐다.

"어린 학생 한 명한테 어른들이 이게 무슨 짓입니까?"

사람들이 휴대폰을 꺼내 영상을 찍는 것을 보고서야 요원들은 태도를 누그러뜨리고 부드럽게 소망을 일으켜 세웠다.

그리고 옷을 털어 주는 척하면서 소망의 옷주머니를 뒤졌다. 바지 주머니에서 소망의 휴대폰이 나왔다.

"이것뿐이야?"

요원이 소망에게 물었고, 소망은 이를 악물고 고개를 끄덕였다. 그때 우식이 헐레벌떡 뛰어오면서 말했다.

"야, 백소망! 너 내 휴대폰 승강기에 두고 내리면 어떻게 하냐? 나 이거 잃어버리면 엄마한테……."

우식은 자신의 휴대폰을 높이 들어 보였다. 소망이 우식의 휴대폰을 승강기 안에 둔 채로 내린 것이다. 소망은 요원들이 상황을 파악하는 틈을 타 우식에게로 뛰었다. 요원들은 다시 그 뒤를 쫓기 시작했다. 소망은 우식에게서 휴대폰을 가로채 에스컬레이터를 뛰어 내려갔다. 요원들이 그 뒤를 따랐고, 우식은 다시 어리둥절히 그 뒤를 따라 뛰었다.

"야! 내 휴대폰!"

도주 중이던 소망은 휴대폰 화면을 확인했다. 아직도 2분 넘게 남아 있었다. 하지만 한계였다. 더 이상 뛰는 것도, 요원들을 따돌릴 수도 없었다. 2분을 버틸 수 있을지 자신할 수 없었다. 요원들에게 거의 따라잡힌 소망은 다시 2층에 이르러 야외정원으로 뛰었다. 요원 한 명이 몸을 던져 소망의 소맷자락을 잡았지만 소망은 뿌리치고 달렸다. 그러고는 야외정원으로 나와서 휴대폰 화면을 다시 확인했다. 코앞까지 요원들이 도달했고, 소망은 독 안에 든 쥐였다. 7초. 소망은 백화점 건물 바깥을 향해 높이 휴대폰을 던졌다. 7초만 더 버텨 주기를 바라며. 그와 동시에 소망은 요원들에게 붙들려 바닥에 쓰러졌다. 갓 도착한 우식이 그 광경을 목격하고 비명을 질렀다.

"내 폰!"

부연 하늘에 하나의 점이 되어 날아가던 휴대폰은 한참을 날아오르다 광장 바닥에 떨어져 박살이 났다.

*

나 박사는 방금 내린 커피를 머그잔에 담아 들고 투자청 연구실로 들어선 참이었다. 시술자는 그녀가 들어오는 것을 기다린 듯이 자리에서 일어나 있었다. 불안한 눈빛이었다. 이를 먼저 눈치챈 나 박사가 말했다.

"왜 그래? 예언자 잡았다며."

"예, 근데…… 그 파멸자가."

"파멸자? 왜? 못 잡았대?"

"잡긴 잡았는데…… 이것 좀 보셔야 할 것 같습니다."

"뭔데?"

"파멸자가 사고를 친 것 같습니다. 좀 크게……."

나 박사가 의아한 눈으로 시술자를 바라보았다.

공중으로 날아오른 휴대폰은 다행히도 7초를 버텨 주었다. 영상은 이미 온라인에 파다하게 퍼져 있었다. 사람들은 크게 동요했다. 시스템이 미래를 예언하지 않는다니. '파멸자가 아니라 피해자'라는 주연의 말이 유행어처럼 번지고 있었다.

나 박사는 모니터를 보며 어이가 없다는 듯 웃기 시작했다. 헛웃음은 곧 깔깔거리는 폭소로 바뀌었다. 그 모습은 얼핏 정신 나간 사람처럼 보였다. 시술자는 나 박사의 웃음소리에 움찔했다. 그녀가 그렇게 웃는다는 건 문제가 심각하다는 뜻이었다. 나 박사는 웃음을 그치고 혼자 중얼거렸다.

"누가 더 심각한 실패작이 될 것인가. 창조자냐 파멸자냐……."

투자까지 세 시간이 남아 있었다.

23

투자는 온라인으로 할 수 있었지만, 워낙에 큰 행사였기 때문에 오프라인에 행사장이 마련되었다. 큰 무대와 단상이 준비됐다. 방송국 장비들이 여기저기 설치돼 있었다. 줄을 맞춘 수많은 간이 의자가 관객을 기다리고 있었다. 이곳에서 투자 대상자들은 마지막 연설을 할 예정이었다. 투자까지 한 시간 남은 상태였다.

소망은 써니에게 전화했지만 받지 않았다. 투자청으로 끌려간 게 분명했다. 소망은 단상에 올라 써니가 부당하게 납치됐다고 추가 폭로하기로 마음먹었다. 연설의 기회가 주어질지는 알 수 없었으나 어쨌거나 그도 투자 대상자인 건 엄연한 사실이었다. 소망은 아직 도착하지 않은 엄마를 기다리고 있었다. 소망 옆에는 우식이 껌딱지처럼 붙어 있었다. 그는 흥분한 마음을 주체하지 못하고 쉴 새 없이 떠들어 댔다.

"역시 내 눈은 정확하다니까. 넌 절대 파멸자가 아니라고 내가 그랬잖아. 맞지? 투자청 자식들 꼴좋다. 난 네가 해낼 줄 진작부터 알고 있었어."

우식은 미묘하게 태세를 전환한 참이었다. 그는 소망의 폭로 이후 재빨리 상황을 파악했다. 예언 시스템이 진짜가 아니라면, 소망도 파멸자가 아니었다. 그렇다면 어느 편에 서는 게 더 이로울까. 우식은 비리를 폭로한 정의의 사자가 되기로 결정했다. 적어도 태슬보다는 태세 전환에 유리한 상태였다.

"그러니까 그 동영상이 내 휴대폰으로 업로드됐다는 거 아니야, 그치? 와, 역사적인 순간에 '우리'가 그걸 해낸 거야. 정말 엄청난 추격전이었어. 아무나 할 수 있는 일이 아니잖아. 물론 휴대폰은 날아가 버렸지만…… 상관없어, 어차피 임시 폰이었고 말이야. 근데 너 정말 어깨가 탄탄하더라. 나는 그렇게 높고 멀리 날아가는 휴대폰은 처음 봤잖아."

정안이 제때 도착하지 않았다면 소망이 언제까지 그 수다를 들어 줬을지 알 수 없는 일이었다.

"아직 안 늦었지? 네 덕에 이 시간에 일도 빼먹고, 그거 하나는 좋다."

"아, 소망 어머님, 안녕하세요? 저는 소망의 둘도 없는 단짝 친구 승우식이라고 합니다. 만나 뵙게 되어 영광입니다!"

"어, 어어…… 그래, 만나서 반가워. 그, 얘기 많이 들었어."

정안은 우식이 90도로 허리를 숙여 인사하는 동안 소망에게 귓속말을 했다.

"야, 너는 친구도 꼭 너 같은 애를 사귀었냐."

소망은 아까부터 말이 없었다. 그는 지금 대단히 심란한 상태였다. 투자가 코앞인 지금, 엄마에게 사정을 털어놓고 투자를 못 받게 됐다고 고백해야 했기 때문이다. 더 이상 미룰 시간이 없었다. 소망은 힘겹게 입을 뗐다.

"엄마, 할 말이 있는데 말이야."

"음? 뭔데?"

소망은 그간 있었던 모든 일을 엄마에게 설명했다. 너무 위험했던 일들은 적당히 생략하면서. 그는 자신이 온라인에 올린 영상까지 모두 보여 줬다. 영상까지 본 정안은 별로 충격을 받은 것 같지는 않았다. 이제 소망은 자신이 투자를 포기하려 한다는 뜻을 내비쳐야 했다. 그는 힘겹게 말을 꺼냈다.

"예언에 의하면 말이야. 내가 투자를 받으면, 그 대신에 다른 사람들의 미래가 멸망할 거야. 그래서 말인데, 나 이번에 투자를 받지 않을 거야."

"웃기는 소리."

정안은 콧방귀도 뀌지 않았다.

"어차피 세상은 언젠가 망해. 그걸 모르는 사람은 없어."

소망은 과연 엄마다운 답변이라 생각했다.

"하지만 세상이 단번에 끝나길 바라는 건 인간들의 꿈일 뿐이야. 고통은 단번에 끝나지 않아. 아주 길고도 길게, 끈질기게 물고 늘어지지. 엄마를 보면 알잖아. 이건 죽기 전에는 안 끝나는 건데, 바로 그런 걸 멸망이라고 하는 거지. 나머진 내가 알 바 아니야. 너도 알 바가 아니고. 무엇보다 중요한 건 네 생존이야. 세상의 생존이 아니라. 그러니까 무조건 투자부터 받고 생각해."

그때 우식이 옆에서 거들었다.

"어머님. 제가 봤을 때는 지금 투자청에는 미래가 없거든요. 그래서 소망이 말대로……."

"미안한데, 둘이서만 얘기할 수 있을까?"

"예, 어머님. 필요하면 말씀하세요. 저쪽에 있을게요."

정안은 가만히 소망의 얼굴을 들여다보았다.

"예언이니 멸망이니 그런 허황한 말이 이유라면 엄마는

네 결정을 지지할 수 없어. 그런 소리 들을 줄 알았으면 일이 나 나갈 걸 그랬다. 이런 시간 낭비가 어디 있니?"

소망은 어떻게 엄마에게 설명해야 할지 알 수 없었다. 소망 본인도 예언을 믿기까지 너무도 많은 일들을 겪어야 했기 때문이다. 소망이 고심하는 중에 정안의 시선이 소망의 뒤쪽으로 향했다. 그리고 곧 놀란 얼굴이 돼서 말했다.

"백소망. 너…… 도대체 뭘 하고 다닌 거야?"

소망은 고개를 돌려 뒤를 돌아보았다. 행사장에 설치된 대형 전광판에서 영상이 재생되고 있었다. 뉴스 영상의 일부였고, 자료화면으로 투자청 연구 층에서 소란을 부리고 있는 소망의 모습이 보였다. 그는 시술자를 인질로 잡고 총구를 사람들에게 겨누며 고래고래 소리를 치고 있었다. 연구 층 안의 보안 카메라에 잡힌 모습이었다. 곧 아나운서의 멘트가 이어졌다.

"지금 보시는 장면은 투자 대상자로 선정된 백소망 군이 어제 오후, 투자청에 침입해 난동을 부리고 있는 영상입니다."

투자청이 제보한 영상이었다. 투자청은 공식 입장을 통해 소망이 파멸자가 분명하다고 장담했다. 분석 결과를 다시 검토해 봤지만 오류 같은 건 없었다고 했다. 그들에 의하면 예측 시스템은 절대 틀릴 수 없는 완벽한 장치였다. 그렇지 않더라도 그래야만 했다. 그들은 소망이 사회를 멸망으로 이끌기 위한 테러를 벌이고 있다고 주장했다. 파멸자인 소망은 투자청까지 침입해 써니를 납치해 갔다고 했다.

모든 것이 나 박사가 짠 시나리오였다. 그녀는 시스템을 공격하는 걸 용납하지 않았다. 그녀는 시스템 그 자체였고, 시스템에 대한 공격은 곧 자신에 대한 공격이나 마찬가지였다. 카메라 앞에 선 나 박사가 말했다.

"이번 사건으로 미루어 보아, 백소망 군이 이미 사회 파멸을 시작했다고 투자청은 파악하고 있습니다. 백소망 군이 투자를 받지 못한다면, 예언자가 예언한 대로, 어떤 파멸적 행동이 이어질지 알 수 없는 상황입니다. 파멸자는 그 어떤 돌발 행동도 서슴지 않을 것으로 예상됩니다. 아무쪼록 미래를 위한 신중한 투자를 국민 여러분께 부탁드리는 바입니다."

뒤이어 써니의 인터뷰 영상이 올라왔다. 시선을 떨군 써니는 간략하게 나 박사의 말을 뒷받침했다.

"투자청의 발표는 사실입니다. 백소망은 파멸자가 맞습니다."

소망은 심장이 내려앉는 기분이었다. 모든 문제를 해결했다고 여긴 소망이었다. 뉴스 앵커의 말에 의하면, 투자청은 소망이 투자 자격을 포기하는 것조차 허락하지 않았다. 하지만 오히려 우주연은 자격을 박탈당하고 말았다. 그녀는 소망의 꾐에 넘어간 나약한 희생양 취급을 받았다. 나 박사는 이 모든 예언을 사실이라 여기지도 않으면서 일을 진행한 것이다. 그녀는 시스템을 유지해야 한다는 생각에만 사로잡혀 있었다.

소망과 정안이 전광판 화면이 꺼질 때까지 시선을 떼지 못하고 있는데, 어느새 그들 곁으로 나 박사가 다가왔다.

"소망 어머님 되시죠? 반갑습니다. 투자청 연구센터장 나은재입니다."

정안은 말없이 나 박사의 얼굴에 시선을 고정하고 그녀가 내민 손을 맞잡았다.

"두 분 다 뉴스 잘 보셨죠? 삼십 분 전에 방송된 특보 뉴스예요. 상황 파악 다 하셨을 거라고 믿어요."

나 박사는 소망을 보면서 말했다.

"여기까지만 하고, 조용히 투자받고 끝냈으면 좋겠는데, 어떻게 생각해요? 소망 학생이 손해 볼 건 아무것도 없어요. 그냥 평범하게 사는 것뿐이죠. 파멸자라는 꼬리표? 그런 건 아무것도 아니에요. 평범한 사람은 누구나 어느 정도는 실패작이니까."

소망은 굴욕감에 숨이 막힐 지경이었다. 엄마가 바로 옆에 있다는 사실이 그의 굴욕감을 더 부채질했다. 소망은 얼굴이 뜨거워지는 걸 느꼈다.

"어머님이 단순직에 종사하고 계신다죠? 어머님을 더 이상 괴롭히지 마세요. 현명한 결정 할 거라고 믿어요."

"이봐요."

정안이 자리를 뜨려던 나 박사를 불러 세웠다.

"어디서 직업을 들먹입니까, 지금? 제가 아들 투자금이나 빨아먹는 엄마로 보여요?"

"음, 뭔가 오해가 있으신 거 같은데……."

"오해야 지금 당신이 하는 말이 오해를 만들고 있잖아요. 누가 보면 그쪽이 애 엄마인 줄 알겠어요. 사근사근 잔인한 말만 골라서 하시네."

나 박사는 미소를 잃지 않았지만 얼굴색이 창백하게 변했다. 소망은 엄마의 강단에 놀라고 있었다.

"선택은 애가 하는 거니까, 잔소리는 집어치우시죠. 할 말 다 했으면 자리 좀 피해 주시고요."

나 박사는 정안에게 가볍게 목례하고 자리를 떴다. 물론 정안은 그 인사를 받지 않았다. 정안은 그렇게 쏟아붓고도 불쾌함이 가라앉지 않아 잠시 숨을 골랐다. 그녀의 두 손은 어느샌가 양 허리춤을 받치고 있었다. 소망은 엄마의 기세에 눌려 말없이 잠시 기다렸다. 정안은 문득 생각난 듯 고개를 들어 주변을 둘러봤다.

"네 친구 어디 갔니?"

소망이 주변을 둘러보니 우식이 보이지 않았다. 소망은 우식이 그새 또다시 태세를 전환한 것을 눈치챘다. 정안도 그것을 눈치챈 모양이었다. 그녀는 어이가 없다는 듯 웃었다.

"빠르다, 빨라. 요즘 애들 정말 빠르다."

그러고 나서 정안은 소망을 똑바로 보며 말했다.

"투자받지 마."

"응?"

소망이 놀라서 되물었다. 정안은 특유의 냉소적인 말투로 말했다.

"투자받지 말라고. 맞아, 세상은 언젠가 망해. 그건 네가 신경 쓸 일이 아니야. 그런데, 생존보다 중요한 건 존엄이야. 당당하게 살지 못할 거라면 멸망하는 게 나아. 그러니까 너 자신을 지켜."

소망은 엄마가 자신의 편을 들어주는 게 진심으로 기뻤다. 하지만 모든 계획이 실패한 것을 눈으로 확인한 뒤였다. 소망은 절망했다. 그는 자신감을 잃고 엄마의 시선을 피했다.

"나, 예언을 끝까지 듣지 않았어. 예언과는 상관없이 해내고 싶었거든. 근데 다 실패했어. 사람들은 어차피 나에게 투자할 거야. 멸망을 선택할 거라고."

"긍정 스위치. 너 그거 됐다 어디다 쓸래?"

소망은 엄마를 보았다. 엄마의 입에서 긍정 스위치란 단어가 나오다니. 소망은 기분이 이상해졌다. 그런 소망에게 정안은 단호하게 말했다.

"내가 아는 건 넌 파멸자가 아니라는 거야. 엄마가 세상에서 제일 사랑하는 아들이지. 가서 네가 파멸자가 아니라는 걸 증명해. 할 수 있는 걸 다 해. 긍정 스위치든 뭐든 다 켜고 너 자신을 지켜. 뭐, 그래도 안 되면. 어쩔 수 없지."

소망은 눈물이 핑 돌았다.

"난 엄마가 긍정 스위치 싫어하는 줄 알았는데."

"싫어해. 정말 딱 질색이야."

정안은 작게 한숨을 내쉬었다.

"그런데 어쩌겠니. 굶어 죽게 만드는 것도 허황한 생각이지만, 인간답게 살게 해 주는 것도 허황한 생각인걸."

정안은 잠시 먼 곳을 바라보다가 별일 아니라는 듯 대꾸했다.

"아빠의 어디가 좋아서 결혼한 거냐고 물었었지? 난 항상 네 아빠의 허황한 면이 좋았어. 항상 쉬지 않고 허풍을 떨어 댔는데, 진짜로 미래를 그렇게 바꿀 것 같았거든. 그런 사람 옆에 있으면 없던 힘도 솟는 거야. 엄마 같은 사람만 있으면 세상은 돌아가지 않아. 모든 게 나빠지기만 할 거야."

정안은 잠시 망설이다 덧붙였다.

"네 아빠 같은 사람들만 있으면 더 나빠지겠지만."

엄마의 말에 소망은 피식하고 웃었다. 소망은 자신이 바보 같다고 생각했다. 왜 진작 알지 못했을까. 왜 항상 자신이 부정적인 사람이 될까 봐 걱정했을까. 사람은 누구나 절반의 긍정을 가지고 있었다. 심지어 엄마마저도 말이다. 정안은 소망의 눈을 보며 말했다.

"가서 네 할 일을 해."

24

투자 대상자들에게 마지막 연설 시간이 주어졌다. 무대 뒤
편에는 소망을 비롯한 투자 대상자들의 자리가 마련돼 있었
고, 써니의 자리도 있었다. 소망과 눈이 마주친 써니는 말없
이 고개를 떨궜다. 그녀는 오른쪽 손목부터 팔꿈치까지 깁스
를 하고 있었다. 얼굴 여기저기에도 반창고가 붙어 있었다.
소망은 써니에게 말을 걸고 싶었지만 써니는 계속해서 소망
의 시선을 피했다. 소망은 곧 무대 앞 객석에 써니의 할아버
지가 와 계시다는 사실을 알아챘다. 양옆으로 요원들에게 둘
러싸인 할아버지는 겁에 질려 있었다. 소망은 그제야 써니가
협박에 못 이겨 인터뷰 영상을 찍었다는 사실을 알게 됐다.

할아버지의 불법 식당을 문제 삼은 것이 분명했다. 나 박사는 여유만만한 표정으로 무대를 즐기고 있었다.

먼저 서혜민과 박맑은옥돌의 연설이 있었다. 두 사람은 나름대로 연설 준비를 충실히 해 왔지만 큰 기대감은 없어 보였다. 관객들도 마찬가지였다. 밝은 미래는 중요한 게 아니었다. 사람들은 두려움에 휩싸여 있었다. 모든 게 끝장날지 모른다는. 그들은 소망을 파멸자로 확신했다. 멸망에 대한 대비 외에는 어떤 의견도 주목받지 못했다. 소망의 악행을 눈으로 확인한 사람들은 이제 논란을 벌이지 않았다. 한번 기운 여론은 단단하게 굳어졌다. 이번 투자는 무조건 소망에게 몰아주어 그가 미래를 멸망시키지 못하게 막아야 했다.

소망의 모든 작전은 실패로 돌아갔다. 소망은 처음 파멸자로 지목되던 날과는 비교도 할 수 없는 싸늘함을 느끼고 있었다. 객석 한가운데서 우식이 어느새 태슬과 합세하여 '파멸자 결사반대'라는 피켓을 들고 있는 게 보였다.

투자청은 평화로운 결말을 준비하고 있었다. 나 박사는 자신감에 차 있었다. 사람들은 모두 소망에게 투자할 것이다. 그렇게 생각한 나 박사는 소망에게도 연설의 기회를 주었다. 뒤에 앉아 있던 시술자가 그녀의 귀에 대고 속삭였다.

"그러실 필요까지 있었을까요?"

"본인이 실패작이라는 걸 확실하게 해 둘 필요가 있어. 그래야 다시는 허튼짓을 안 하지. 걱정하지 마. 파멸자가 압도적으로 투자받게 될 거야."

나 박사는 여전히 소망이 굴복하게 될 거라 확신했다. 그것이 그녀가 알고 있는 유일한 방식이었다.

자신의 차례가 되자 소망은 자리에서 일어나 연단을 향해 걸어갔다. 수많은 눈이 자신을 향해 적의를 쏘아 대고 있었다. 소망은 준비해 온 원고가 없었다. 그는 지금만큼은 긍정 스위치를 꺼야겠다고 생각했다. 사람들에게 있는 그대로 사실을 전하고 싶었다. 어떤 것도 꾸미고 싶지 않았다.

"저희 아버지는 투자에 실패하고 큰 빚을 지셨습니다. 그리고 빚을 지신 지 얼마 되지 않아 돌아가시고 말았어요. 어머니에게 모든 빚을 남겨 놓고 말이에요."

소망의 의외의 말에 객석에 앉아 있던 정안은 깜짝 놀랐다.

"맞습니다. 누가 봐도 실패자의 인생이죠. 그런데, 저는 아빠에게 두 번째 기회가 있었다면 어땠을까 하는 생각을 해 봅니다. 그랬다면 언젠가…… 얼마나 시간이 걸릴지는 알 수 없지만, 언젠가 아빠는 경제적으로 회복할 수 있지 않았을까요. 단 한 번의 기회만 주어지는 세상은 제대로 된 세상이 아닙니다. 저는 이제 막 고등학교를 졸업하는 학생일 뿐이지만, 그건 분명히 알고 있습니다. 인간은 끝없이 실패하는 존재입니다. 누군가는 그걸 이렇게 표현하더군요. '평범한 사람은 누구나 어느 정도는 실패작이다.'"

뒤에서 연설을 듣던 나 박사가 피식하고 웃었다.

"하지만 그 말은 부정적인 면만 바라본 거라고 생각합니다. 인간이 끝없이 실패한다는 말은, 끝없이 도전하는 존재라는 말이기도 하니까요. 그런데 투자 시스템은 어떻습니까. 제 인생 전체가 이 투자 한 번으로 결정된다는 것은 말이 되지 않습니다. 다른 학생들도 마찬가지고요."

객석에 앉아 있던 우주연은 생각에 잠겼다. 소망의 뒤에서 써니가 깁스한 오른팔을 들어 얼굴을 가린 채 울고 있었다.

"실패한다고 모든 것을 잃는 것이 아닙니다. 실패로 배우는 게 훨씬 더 많죠. 인간은 부단히 노력할 수 있는 존재입니다. 그리고 부단히 배우고 성장할 수 있는 존재입니다. 그게 제가 깨달은 일입니다.

저는 긍정적인 면만 바라본다면 성공할 수 있다고 생각했어요. 그래서 부정적인 미래는 조금도 생각하지 않으려 했죠. 하지만 제 생각은 완전히 틀렸습니다. 성공하는 유일한 길은 실패하는 일이니까요. 저는 파멸자가 아닙니다. 예언이 어떻든 상관하지 않겠습니다. 저를 실패한 파멸자라고 불러도 상관없습니다. 저는 앞으로 수백 번, 수천 번 실패하겠지만, 그래도 포기하지 않을 겁니다. 저 자신에게 계속해서 기회를 줄 거예요. 아무도 기회를 주지 않으니까 저라도 그래야죠. 단 한 번의 좌절로 넘어지는 것이 진짜 멸망입니다."

소망은 잠시 관중들과 눈을 맞추고 숨을 골랐다. 그리고 간절함을 담아 마지막 말을 맺었다.

"이게 제가 하고 싶은 말이었어요. 그러니까 제발, 미래를 위한다면, 제발. 제발 멸망에 투자하지 마세요!"

연설이 끝났지만 아무런 반응이 없었다. 장내는 조용했다. 태슬과 우식은 의외로 덤덤한 표정으로 소망을 바라보고 있었다. 우식은 슬그머니 피켓을 내렸다.

25

사람들은 아무도 소망을 믿지 않았다. 그가 또 다른 계략을 펼친다고만 생각했다. 드디어 투자가 이뤄졌고, 몇 시간 후 바로 결과가 나왔다. 압도적인 숫자가 소망에게 투자했다.

사람들은 그제야 안도했다. 멸망은 오지 않을 것이다. 그것을 언제까지 뒤로 미룰 수 있을지는 알 수 없었지만. 일단 이번 위기는 끝이 났다.

"수고했어, 소망아. 넌 할 수 있는 걸 다 했잖아. 어쩔 수 없는 일도 있는 거야."

주연은 소망을 찾아와 어른스럽게 위로의 말을 건넸다. 반면 정안은 별다른 말이 없었다. 그녀는 그저 결과를 빠르게

222

수긍했고, 일상으로 돌아갔다.

"엄마 이제 일하러 가야 해. 이따 집에서 보자."

정안은 저녁 시간이라도 일해서 수당을 받는 쪽을 택했다.

끝. 모든 게 끝났다. 하지만 소망은 이제부터 시작이었다.

*

끝끝내 써니는 아무 말이 없었다. 그녀는 한참을 울고 난 후라 눈이 퉁퉁 부어 있었다. 사람들이 모두 돌아간 쓸쓸한 행사장에 소망과 써니 둘만 남았다. 관계자들이 바닥을 청소하고, 무대를 해체하고 있었다. 그 모습을 바라보며 두 사람은 간이 의자에 앉아 있었다. 그들 옆으로 정리된 의자들이 산더미처럼 쌓여 있었다. 써니는 여전히 말이 없었다. 하지만 소망은 써니가 자신을 위로하고 있다고 여겼다. 끝까지 써니는 소망과의 약속을 지켰다. 약속 이후로 단 한 번도 예언을 하지 않은 것이다. 이 모든 걸 알고 있었을 텐데 말이다.

하지만 소망 또한 무슨 말을 꺼내야 할지 몰랐다. 소망은 그저 앞으로의 일을 두려워하고 있었다. 실패한 이후의 후회와 미래에 대한 걱정이 밀려왔다. 큰 고비를 넘고 보니 또 다

른 종류의 문제가 산적해 있었다. 소망이 문득 정적을 깨고
입을 열었다.

"아직도 잘 모르겠어. 다른 방법이 있지 않았을까? 넌 알
고 있었겠지만 말이야. 과연 내가 최선을 다한 걸까. 멍청한
짓만 잔뜩 벌여 놓은 건 아닐까. 그런 생각이 들어. 그냥 큰
사고를 친 기분이야. 전 국민을 상대로 말이야."

써니는 말없이 먼 곳을 바라볼 뿐이었다.

"앞으론 어떻게 해야 하지? 당장 내가 뭘 해야 할지도 모
르겠어. 연설에서야 자신 있게 말했지만……. 물론 계속해
서 도전할 거야. 실패는 여전히 두려워……. 그래도 이제는
피하고 싶지 않아. 그런데 뭘 해야 할지 모르겠어. 그 많은
투자금은 도대체 어떻게 해야 하는 거지……. 혹시 내가 그
돈을 보고 마음이 변하면 어쩌지? 아, 물론 지금 너한테 예
언을 듣고 싶어서 하는 말은 아니야. 그냥 나는 걱정이 돼
서……."

소망은 두 손으로 머리를 쥐어뜯으며 고민했다. 하지만 써
니는 알고 있었다. 소망이 정확히 15분 후에 투자금을 어디
에 써야 할지 떠올리게 될 거라는 사실을 말이다. 소망은 자
신이 받은 모든 투자금을 우주연에게 투자할 것이었다. 우주
연이 하고 싶다던 바로 그 연구를 위해 자신의 모든 돈을 투

자할 것이다. 학생들의 진로 결정을 돕고, 자신감을 끌어내는 일 말이다. 물론 소망이 그 일을 우주연에게 모두 떠맡기지는 않을 것이다. 거기에는 써니와 소망, 태슬과 우식까지도 힘을 보태게 될 것이다. 필요한 인재를 더 모으고 투자청의 시스템에 대항하게 될 것이다. 그리고, 끝내 성공하게 될 터였다.

어떻게 된 일인지 써니의 예언 속에서 소망은 여전히 파멸자였다. 그렇지만 미래는 아까부터 바뀌어 있었다. 소망이 연설하는 순간, 모든 미래가 바뀌었다. 먼 훗날, 예언 시스템은 종말을 고할 것이다. 그리고 아이들은 자유롭게 자기 잠재력과 가능성을 발휘할 것이다. 그 미래는 이전 예언에서 말한 테러로 이룬 미래와는 비교도 할 수 없이 좋았다. 시스템을 붕괴시켰지만 그로 인해 아무도 죽지 않았다. 경제도 무너지지 않았다. 그것이 경제와 사회에 몰고 올 긍정적인 효과는 이루 말로 다할 수 없었다. 사람들은 더 행복했고, 더 자유로웠다. 그것이 단 하나의 미래였다.

투자일을 전후해 써니는 이제껏 겪어 보지 못한 무한대의 가능성에 시달렸다. 그 어떤 미래도 가능한 순간이었다. 그리고 소망의 연설과 함께 모든 가능성은 단 하나만 남기고 모두 사라졌다. 그것은 성공의 미래였다. 사람들은 투자 없이 더 행복해질 것이다. 경제적 문제와 상관없이 삶의 질은 나아질 것이다. 소망은 큰 수익을 돌려받을 것이고, 그의 어머니는 빚에서 벗어나게 될 것이다. 그 모든 것이 한꺼번에 떠올라 써니는 울었다. 펑펑 울었다. 너무 기뻐서 울었다. 너무 감격적이어서, 모든 게 감사해서 울었다.

하지만 그 미래가 너무 좋아서, 그래서 그 미래를 망칠까봐, 써니는 아무 말도 하지 않았다. 써니는 앞으로도 미래에 대해서 말하지 않을 것이다. 그냥 이 미래를 무작정 신뢰하고 도와줄 생각이었다. 그녀는 이제 알았다. 예언자인 자신마저 운명의 일부라는 사실을 말이다. 그녀가 그 계단참에서 케이크를 먹고 있지 않았다면, 소망의 운명에 끼어들지 않았다면, 미래는 바뀌지 않았을 것이다. 소망이 그랬던 것처럼 써니는 이제 실패가 두렵지 않았다.

"근데 있잖아. 만약에, 만약에 말이야."

소망이 이렇게 말을 걸어오기까지 이제 5분도 남지 않았다. 그 뒤에 이어질 말이 무엇인지 써니는 알고 있었다. 그녀는 묵묵히 그 말들을 들어 줄 생각이었다. 그럴수록 소망의 눈은 빛날 것이고, 스스로 확신하게 될 것이 분명했다. 소망은 자기 길을 스스로 찾아가고야 말 것이다. 설령 그 길이 잘못된 길이라 해도, 그런 눈을 하고 있는 사람이라면 믿어 주고 싶어지는 법이다. 그런 사람과 함께라면 써니는 빨리 미래가 왔으면 좋겠다고 생각했다. 그러면서 입이 근질거리는 걸 참기 힘들어 따로 챙겨 온 쇼핑백에서 도넛 하나를 꺼냈다. 그리고 입안 가득 베어 물었다. 입속에서 진한 슈크림이 터져 나왔다. 써니는 그 단맛을 한참 음미했다. 옆에 앉은 소망은 여전히 자기 머리털을 쥐어뜯고 있었다. 동시에 단맛을 음미하는 써니의 머릿속에서 폭죽이 팡팡, 하고 터졌다.

작가의 말

이 작품은 저의 첫 번째 장편 소설이자 청소년 소설입니다. 처음에는 걱정을 많이 했어요. 성인인 제가 청소년의 이야기를 할 수 있을지 확신하지 못했거든요. 하지만 점차 원고를 완성해 가면서 깨달았어요. 이 소설은 청소년 독자들에게 전하는 이야기이자, 십 대 시절의 저에게 하는 이야기라는 사실을요. 그건 그때나 지금이나 청소년들이 비슷한 고민을 하고 있다는 말이겠지요. 수십 년이 지났지만, 청소년이 처한 사정은 거의 변한 게 없었습니다. 미래에 대한 막연한 불안함. 그리고 자신을 증명해야 한다는 초조함. 하지만 그때 저는 그것이 문제라는 생각조차 하지 못했습니다.

그리고 그 고민은 성인이 된 지금까지도 계속되었어요. 과거의 고민을 어른이 된 후에도 품고 사는 건 저만의 일은 아닐 거예요. 어른들도 미래를 모르기는 마찬가지니까요. 그들도 자신의 미래를 두려워하며, 초조하게 살고 있습니다. 그렇게 보면 어른들은 그저 조금 나이가 많은 청소년인지도 모르겠다는 생각이 듭니다. 그렇게 저는 청소년 독자의 이야기가 성인인 제 이야기와 다르지 않다는 사실에 안도하며 작품을 완성할 수 있었습니다.

그러므로 독자분들께 하고 싶은 이야기는, 청소년들의 문제는 가볍고 어른의 문제는 무거운 것이 아니라는 것입니다. 또 청소년의 문제가 성인이 되면 자동으로 해결되지도 않습니다. 아마도 인간은 평생에 걸쳐 같은 문제를 짊어져야 하는지도 모르겠습니다. 자신의 고민을 부끄러워할 필요도 없고, 별것 아니라고 무시할 필요는 더더욱 없습니다. 마음껏 고민하고 해결책을 고민해 보세요. 절대 답은 금방 나오지 않습니다. 아마 저처럼 훨씬 훗날이 되어서야 그것이 문제인 줄 깨닫게 될 수도 있습니다. 하지만 그래도 자신만의 답 찾기를 계속 시도했으면 합니다. 그 시도가 한 인간을 진짜 어른으로 만들어 준다고 믿거든요. 그리고 지금 이 말마저도 과거의 저에게 하는 말인지 모르겠다는 의심이 드네요. 어쩌면 현재의 저 자신에게 하는 말인지도 모르고요.

소설가로 데뷔한 지 벌써 몇 년이나 지났습니다. 그래도 저는 종종 제가 소설가라 불릴 자격이 있는지 의심이 들곤 했어요. 그것도 미래에 대한 불안함과 초조함 때문이겠지요. 소설가에게 자격증 같은 게 있을 리도 없는데 말이에요.

그런 의미에서 틴 스토리킹 수상은 저에게 큰 의미가 있습니다. 무엇보다 최종 선정작을 독자들이 직접 뽑는다는 점이 그렇습니다. 이 수상으로 저는 소설가가 얻을 수 있는 유일한 자격증이 바로 독자들의 지지임을 깨달았어요. 저는 이제 의심 없이 계속해서 소설을 쓰려고 합니다. 제 작품을 선택해 주신 독자님들께 진심으로 감사합니다.

황이경

대사와 문장 하나하나가 바늘처럼 마음속을 콕콕 찌른다! 어른들이 만들어 놓은, 정해 놓은 세상에서 움직이는 아이들이 자신의 길을 찾아가는 과정을 미래의 '투자 제도'를 주제로 하여 잘 표현했다.

—상촌중학교 1학년 김나율

우리나라 학생들의 삶이 그렇다. 내가 무엇을 원하고, 무엇을 하고 싶은지도 모른 채 그저 사교육에 빠져 살고 있다. 또한 주변 환경이나 어른들이 말하는 것에 따라 직업을 정한다. 그리고 우리는 하나의 운명만을 갖고 태어나지 않는다. 내 삶은 내가 선택하는 것이다. 우리는 모두 멸망에 투자해야 한다.

—평택중학교 3학년 노민석

AI와 청소년의 미래를 기반으로 현실 사회 모습을 풍자했다. 현재 우리나라의 상황을 보면 미래에 있을 법한 이야기다. 어른들도 한 번쯤은 읽어 주셨으면 한다.

—밀양여자고등학교 1학년 손수빈

두려움과 망설임으로 그저 그렇다고 자신들의 미래를 단정 짓는 청소년들의 모습이 보이는 듯했다. 앞이 막막하고 내가 갈 길은 정해져 있는 것 같다고 망설이는 사람들에게 너는 언젠가는 성공할 것이라고, 실패해도 괜찮다고, 소망을 가져도 된다고 이야기해 주는 듯하다.

—산본고등학교 2학년 오수아

가능성이 무한한 청소년들이 주변 환경에 의해 스스로를 제한하고 자신이 진정 원하는 것이 무엇인지 제대로 모른 채 살아가는 우리 사회의 모습을 적나라하게 보여 준다. 사회적 시선에서 벗어나지 못한 채 사고하며 결정을 내리는 우리는 '나'로서의 삶을 살아간다고 볼 수 있을까.

—경화여자고등학교 2학년 이서윤

누구도 예상하지 못한 압도적인 몰입감을 선보였다. 그야말로 짜릿함과 경이로움이 절반씩 담긴 소설이다. 이 책을 읽은 다른 학생들도 마음 깊은 곳에서 우러나는 뜨거운 감정들에 투자해 볼 수 있길 바란다.

—천보중학교 1학년 이예원

자신의 운명은 다른 사람의 시선이나 목소리에 끌려가지 않고 자신의 의지로 선택하고 만들어 나가야 한다는 메시지가 매력적인 책이다. 이 책을 읽고 아이들이 주인공인 소망이처럼 자신에게 주어진 수식어보단 진정한 자신의 가치에 더 신경 쓰며 살아갔으면 좋겠다.

—수원북중학교 2학년 이은서

운명은 결정되어 그것에 맞춰 따라가는 것이 아닌, 수많은 갈림길 속 우리의 선택이라는 표현이 매우 와닿고 인상 깊었다. 무조건적인 판타지 소설이 아니라 잘 짜인 드라마 한 작품을 보는 것 같았다. '운명'에 대한 고정관념과 사고방식을 싹 바꾸는 책. 단 한 번이라도 '멸망'을 생각해 봤다면, 혹은 생각할 것이라면 이 책을 집어라.

—구성중학교 3학년 최예은

직접 심사에 참여하여 새로운 작품을 뽑고 싶으신가요?
틴 스토리킹 청소년 심사위원 모집은 비룡소 홈페이지 bir.co.kr을 참조해 주세요.

전국의 중고등학생들이 직접 뽑은 청소년 문학상
제5회 틴 스토리킹 심사위원을 소개합니다.

강은서	양산여자중학교 3학년	김하경	호원고등학교 2학년
고나연	브니엘예술중학교 1학년	김희람	상촌중학교 2학년
고혜민	평촌중학교 2학년	나선우	수원다산중학교 2학년
고혜원	평촌중학교 3학년	남서윤	성덕중학교 2학년
구예린	상촌중학교 2학년	노민석	평택중학교 3학년
구현진	명일중학교 3학년	류해윤	불암중학교 3학년
김나율	상촌중학교 1학년	박민아	서울정신여자중학교 2학년
김봄	귀인중학교 3학년	박민주	주감중학교 3학년
김상협	성광중학교 2학년	박세현	광교중학교 1학년
김서윤	부산중앙중학교 3학년	박시영	밀양여자중학교 2학년
김서현	창일중학교 2학년	박예강	서현중학교 2학년
김성원	영덕중학교 2학년	박지윤	상촌중학교 2학년
김소율	남일중학교 1학년	박지호	세연고등학교 1학년
김소은	대전문정중학교 1학년	박찬희	성덕중학교 2학년
김연제	이야기학교 7학년	배준서	여선중학교 2학년
김연희	인천전자마이스터고등학교 1학년	서시율	상신중학교 2학년
김온유	예당중학교 2학년	서하랑	대구계성중학교 2학년
김유진	송파중학교 1학년	손수빈	밀양여자고등학교 1학년
김은혜	이야기학교 7학년	송예윤	명덕여자중학교 1학년
김재이	장승중학교 3학년	심현준	청주세광중학교 2학년
김주하	영동중학교 2학년	오수아	산본고등학교 2학년
김주하	불암중학교 1학년	오수현	구미여자고등학교 1학년
김지민	중산중학교 1학년	옹윤아	천생중학교 2학년
김지수	포항제철중학교 1학년	원이슬	이야기학교 7학년
김지유	옥천고등학교 1학년	유영찬	상암중학교 3학년
김태림	분당고등학교 1학년	윤수아	서울신암중학교 1학년

윤승희	상촌중학교 2학년	전연호	내포중학교 1학년
윤예린	섬강중학교 3학년	정나얼	동도중학교 2학년
이다은	중평중학교 3학년	정단비	덕풍중학교 2학년
이민아	현일중학교 2학년	정시훈	동도중학교 1학년
이서윤	경화여자고등학교 2학년	정아윤	동도중학교 3학년
이선호	고명중학교 3학년	정유건	고양중학교 2학년
이슬	이야기학교 7학년	정하얼	동도중학교 2학년
이아람	이야기학교 7학년	최예서	영덕중학교 1학년
이예원	천보중학교 1학년	최예은	구성중학교 3학년
이예현	이야기학교 7학년	최예찬	이야기학교 7학년
이우림	고촌중학교 3학년	최유담	과천중학교 2학년
이윤아	은여울중학교 1학년	한승주	서울사대부중학교 1학년
이윤지	은여울중학교 3학년	허준석	대현중학교 3학년
이은서	수원북중학교 2학년	홍아인	화도진중학교 1학년
이정민	안양여자중학교 1학년	홍유진	양서고등학교 1학년
이진	이야기학교 7학년	홍지민	이야기학교 7학년
이하랑	성주중학교 1학년	황다현	성지중학교 2학년
이호진	인천서운중학교 2학년	황서린	남인천여자중학교 3학년
임은찬	개포중학교 1학년	황석주	고양제일중학교 3학년
임현	호수돈여자고등학교 1학년	황신동	양지중학교 3학년
임현호	대왕중학교 3학년	황혜빈	서원고등학교 1학년
장연주	태장중학교 3학년		
장이안	한국글로벌중학교 1학년		
장진아	발산중학교 2학년		
장희운	한국과학영재학교 1학년		
전성준	용산중학교 2학년		

* 한 분은 개인 사정으로 심사를 중도 포기하셨음을 알려드립니다.
* 학교 및 학교명은 심사가 이루어진 2024학년도 기준입니다.

멸망에 투자하세요

1판 1쇄 펴냄 2025년 3월 14일
1판 2쇄 펴냄 2025년 4월 11일

지은이 황이경
펴낸이 박상희
편집주간 박지은
편집 장은혜
디자인 with text
펴낸곳 (주)비룡소
출판등록 1994년 3월 17일 제16-849호
주소 06027 서울시 강남구 도산대로1길 62 강남출판문화센터 4층
전화 02)515-2000 팩스 02)515-2007
홈페이지 www.bir.co.kr
제품명 어린이용 반양장 도서 제조자명 (주)비룡소 제조국명 대한민국 사용연령 3세 이상

ⓒ 황이경 2025. Printed in Seoul, Korea.

ISBN 978-89-491-3704-9 43810